沢里裕二

湘南桃色ハニー

実業之日本社

実業之日本社文庫

目次

第一章　そんな彼女に騙されて

そろそろ販売を開始する時刻になった。

「予想以上の人出《ひとで》だな」

湘南、由比ケ浜《ゆいがはま》。

飯島雅彦《いいじままさひこ》は、浜辺を眺めながら呟いた。

今夏、湘南では、すべてのビーチで海水浴場の設置が見送られた。したがって海の家もなければ監視員もいない。救護室もないのだ。

それでも大勢の客たちが詰めかけていた。

「ビキニギャルも山ほどいるじゃん」

同僚の小栗裕平《おぐりゆうへい》は、ボンネットトラックの助手席から双眼鏡で覗いていた。あいかわらず仕事をしたがらない。

「ビキニは、泳ぐためにだけあるんじゃないからな」

雅彦は、トラックのサイドドアを開けた。移動販売用のトラックなので、キッチンカウンターが現れる。

夏の恒例になっているわが社の出張販売だ。

「それにしても、ビキニにマスクってエロくね？」

ようやく小栗も降りてきた。

確かに今年のビキニギャルはみんなマスクをしている。ブラジャーの片側を顔に付けている感じだ。

「これも新しい生活様式とやらなんじゃないのか？」

雅彦は販促用の風船がたっぷり詰め込まれた段ボール箱をおろした。これからヘリウムガスで膨らませる作業が待っている。

「隠すとエロいな。股間とバストの他にもうひとつ剝《は》がす楽しみが増えた」

小栗はカウンターに新商品のワインを並べている。今年もエロいネーミングにしてあった。

「今年も、みんなやるんだろうな」

雅彦も腰を伸ばしながら海に視線を向ける。凪《な》いでいる。

「あぁ、砂浜でも、海の中でもやりまくりだろうな。それが夏っていうもんだ。自粛している場合じゃない」

小栗の声が微風と共に、耳に流れ込んできた。

(俺はゴムボートの上で騎乗位やったな)

青空を見上げながら、ズコン、ズコンされるのは最高の気分だった。

思い出に浸りながら視線を上げると、青空を舞う楕円形《だえんけい》の雲が見えた。真ん中が空いている。

女性のアソコに似ていた。そう、いつかもあんな雲を見た。

あれは五年前のことだ。まだ、コロナはビールの銘柄だとばかり思っていた頃の話だ。

1

(あいつとやっちゃうなんて、あんまりだ…)

車のヘッドライトが行き交う午後八時の晴海《はるみ》通り。飯島雅彦は唇を噛《か》みしめながら必死で自転車を漕《こ》いでいた。

月島《つきしま》から銀座《ぎんざ》へと向かう自転車の上、股間がパンパンに膨《ふく》らんでいる。

勃起しながら自転車を漕ぐというのは案外、辛いものだ。サドルに乗った股間がかなり痛い。棹《さお》より、玉袋の方だ。

どういうことかというと、勃起して硬直した棹がズボンの股間を引き攣《つ》らせているので、股布に玉がきゅっと押されて、潰されている。そういう因果関係だ。

(そんなことは、どうでもいいか……)

とにかく頭の中は、たったいま見た淫場《いんば》の映像で、ぐちゃぐちゃになっていた。

(なにが、どうして、こうなったのか？　まったく訳がわからない)

自転車を力いっぱい漕ぐことに夢中にならなければ、折れたばかりの心をとても、支えられそうにない。

それにしても、北山麻里子《きたやままりこ》はひどすぎる。

裏切り。その言葉に真に行き当たったのは、人生初だと思う。

七年も付き合っている恋人に、他の男とセックスしている現場を見せつけるなんて史上最悪の夜だ。

涙をこらえて、見上げれば、梅雨《つゆ》の合間の夜空に、めずらしく満天の星が灯《とも》っている。

自分たちは、あの星空のように、まばゆいばかりのラブストーリーを、まっしぐらに進んでいたはずではなかったのか？

　ところが、自分はいま、最悪の立場になっている。

　ラブストーリーどころか、これはワイドショーの再現ドラマみたいだ。さしずめタイトルは『悲劇の寝取られ男』ってか？

　事の起こりはこうだ。

　ほんの、一時間前、いつものように恋人である麻里子のマンションに行ったのだ。そのとき、事件はすでに、起こっていた。

　雅彦と麻里子は互いのマンションの鍵を持ちあい、自由に行き来する間柄である。だから、とくに予告することもなく、麻里子のマンションに入っても、なんら問題なかったはずだ。

　ちなみに麻里子は月島で、雅彦は新橋にマンションを借りている。

　勤務先は互いに銀座。雅彦は南銀座のビールメーカー、麻里子は七丁目の化粧品会社に勤めていた。

　今夜、月島にした理由は特にない。新橋か月島か。お互いどっちに戻ってもよいのだ。

　午後七時半頃だったと思う。

麻里子のタワーマンションの扉を開けて、靴を脱いだ時には、すでに呻《うめ》き声が聞こえていた。

しかしそこで起こっている事態を、自分は想像さえしていなかった。

いまにして思えば、この数か月、麻里子からいくつものサインが発せられていたようだ。

しかしそれに気づくほど、雅彦は敏感な性格ではない。

(自分で言うのもなんだが、俺は自分のことしか考えない性格だ)

だから今夜も、彼女が風邪《かぜ》でも引いているのだろうぐらいに思い、先にキッチンに回って水を入れたコップを運んで行ったぐらいだ。

間抜けの真骨頂とは、このことだ。

『麻里ちゃん、熱でもあるの？』

寝室の扉を開けた瞬間、雅彦は卒倒しそうになった。

『あぁぁ、雅彦、来るなら、電話してくれなきゃ……いま、イク瞬間なんだからぁ～』

(イク瞬間って、麻里ちゃん……オーマイガァ～。なんて、こったっ)

コップを持ったまま、仰《の》け反《ぞ》った。そのまま身体《からだ》が固まってしまったのは言うまでもない。

そこは、真っ裸で四つん這《ば》いになっている麻里子が、背後から、他の男に男根を突き刺され、シーツの端を摑《つか》んで、うっとり目を細めている淫場だった。

しかも、最高潮の場面だ。

あまりにも気が動転して、肉棒を突き立てている男が、誰なのかを、見極める余裕もなかった。

麻里子は切れ長の瞳をトロンとさせて、舌先で自分の唇を舐《な》めている。

目鼻立ちはくっきりとしたタイプだが、その時は淫欲に蕩《とろ》けてしまっていた。

こんな淫乱な顔、自分には見せたことない。

『雅彦、ごめん……。だけど、いまは気持ちが良すぎて……これ、止められない。わかるでしょう？　んはっ……。電話くれればよかったのにぃ、あっ、いやん』

みずから男根の入射角度を変化させて、愉悦に浸っている。

顔は雅彦に向けたままだった。激しく突かれているので、ハーフアップに結わいていたはずの髪の毛を、あちこち乱れ飛ばしていた。

『あのなっ、ここに来るのに、電話は必要なかったはずだろっ』

他の男を混ぜる嗜好《しこう》も、双方共に、なかったはずだ。

いや確認はしていないが、たぶんなかったはずだ……。

交際七年になるが、麻里子から、そうした趣味や希望を聞いた覚えはない。

だから、目の前で、いきなり他の男とやっちゃうなんて、いくらなんでも、ありえない。

『AVじゃないんだからさ』

言いながら雅彦は、麻里子の揺れる尻山に目をやった。

この期に及んで、昂奮《こうふん》していた。そんな自分は最低かも知れない。

麻里子の大きな尻山の頂《いただき》で、赤黒い肉棒が行ったり来たりしている。

間違いなく自分の逸物《いちもつ》より遥《はる》かに太かった。よけいに頭に血が昇ってくる。

ずんちゅ、ぬんちゃ。

なまなましい肉擦れの音を聞かされた。

不思議なもので、自分が直接挿入している時よりも、気持ちが昂《たかぶ》り、全身の血が沸騰《ふっとう》してしまった。

ここで大切なのは、勃起だけは避けねばならないのだが、むくむくと大きくなってきてしまった。最悪だった。

『飯島ぁ、そうガン見するなよっ。俺恥ずかしいよ』

麻里子の背後から、がつんがつんと尻を振っている男の声が聞こえた。

『あ～、なんだって？』

女尻から、視線を上げて、男の顔を見た。

またまた、驚いた。

『はぁ？　小栗《おぐり》が、なんで、ここにいるんだよ』

見慣れた顔だった。

小栗裕平。雅彦と同じ会社『南銀座麦酒《ビール》』の営業部で働く、同僚だった。

小栗には、もう五年も前に麻里子を自分の恋人として紹介してあり、小栗の彼女も含めて、共に飲み合う仲だった。

つい、五時間ほど前には、同じオフィスで顔をあわせてさえいる。

（だから、普通、ないでしょ、このパターン）

だいたい小栗がどれほどの女好きか、麻里子だって充分知っているはずだった。

なにしろ麻里子が勤める『花吹雪化粧品《はなふぶき》』のＯＬを何人も飲み会に連れ出させては、そのほとんどを、やってしまった男だ。

そんなやんちゃで知られる男が、いまは、美貌で知られる自分の彼女の身体の中心を貫いているのだ。

『おまえなぁ。よりによって、俺の彼女に手を出すなんて、どういうことだよ』

雅彦は、小栗に拳を握って、飛びかかろうとした。男として当然な反撃である。

同僚であり、友人である小栗だからこそ、これはしてはならない行為だ。けっしてしてはならない、姦淫《かんいん》だ。

麻里子の女友達をやってもいいが、麻里子とはやっちゃいけない。

それが社会のルールだ。

『待ってっ、雅彦。私が、発情してしょうがないから、小栗君に、お願いしたの』

麻里子が、片手をあげて雅彦を制止している。その間も尻をグイと突き上げては、あっ、と呻き声を漏らしているのだから、何の説得力もないのだが。

ぬちゃっ。

尻の割れ目に、深々と小栗の男根が入り込む肉擦れの音がする。

(あぁあ、そんなに深く入れたらダメだってばっ。それマイま×こっ)

胸底でそう叫んだが、声にはならなかった。

『そういうことだ。俺はただの刺男《さしお》みたいなもので、感情は入ってない。麻里ちゃん、それでもいいって言うから』

小栗が弁解しながら、両手を伸ばして、麻里子のメロンみたいなバストを鷲掴《わしづか》みにしだした。

五指《ごし》を食い込ませて、ぎゅうぎゅうと揉《も》みこんでいる。

よけいに傷ついた。

（それじゃまるで、麻里子が俺とのセックスじゃ不満だったみたいじゃないか）

問いただしたかったが、真実を知って、より傷が深くなるような気がして、思いとどまった。

小栗は口角に涎《よだれ》を浮かべながら、乳房を揉み続けている。麻里子の眼下が次第に紅《あか》く染まり、柑橘《かんきつ》系の香水に混じって麻里子自身の、甘い匂いを漂わせている。

これは、彼女が極点を迎える時の兆候だった。雅彦は動悸《どうき》を抑えながら叫んだ。

『小栗、だめだってばぁ。麻里ちゃん、乳首だけでもいっちゃうんだから』

叫びながら、勃起していた。

麻里子は、がっしり乳山を抑え込まれながら、手のひらで乳首を、ころころと転がされるのが好きなのだ。

『小栗君、いいっ。おっぱいを、ぐにゃぐにゃ揉んでっ、下も、もっと早く動かしてっ。いきたいのっ。いますぐ、いっちゃいたいの』

麻里子が黒髪を振り乱してよがっている。

いったい、何がどうして、こういうことになってしまったんだ？

雅彦は、ただただ呆然《ぼうぜん》と恋人と同僚が、肉を繋《つな》げ合う様子を眺めなければならなかった。

オナニーしたくなったが、さすがにそれはやめた。

ベッドの縁を蹴飛ばし、引き返すところだが、もう少し見ていたい、というさもしい気持ちもあった。最低だ。

麻里子とは同じ大学で知り合い、たまたま同じ銀座で働くことになったことから、ごく自然に付き合うようになった。

もう七年になる。

セックスはもう二百回以上はしていると思う。均《なら》すと月三回だったが、付き合い始めて間もなくの頃は、毎夜だった。

たしかに、最近はセックスの回数は減っていた。

これはお互いの交際が成熟し、麻里子も精神的な結びつきに満足しているように見えていたせいもある。

週に二度はどちらかのマンションを訪ね、夕食を共にしたあとは、寝転んで衛星放送の映画を観《み》たり、別々に読書を楽しんでいたりした。

どちらのマンションからも、銀座に近かった。休日は中央通りを中心に銀座、日《に》本橋《ほんばし》を散歩する日々で、それが最大の贅沢《ぜいたく》ともいえた。

いずれ結婚するのだろうと思っていたし、事実、ふたりの関係はすでに夫婦に近かった。

麻里子は快活で朗らかな女性であった。常に理性的で、どちらかと言えば、弟キャラの雅彦を見守る姉のように振る舞っていた。

同じ歳《とし》ではあるが、雅彦がいつも甘えていたような気がする。

その麻里子が、いまはまるで獣のように、欲情に身を任せているのだ。

信じられなかった。

『おぉおお、おれも盛り上がってきたっ。出しちゃいそうだけどっ』

あえて卑猥《ひわい》な言い方をしているのでもないだろうが、小栗は雄の叫びを上げ始めていた。本当に我慢しきれないほど、気持ちが良くなっているなんて、絶対許せない。

小栗は鼻持ちならない男だが、どこか憎めないところもあって、雅彦はこれまで彼を友人として認めてきていたが、いまは憎むべき相手に変わっている。

小栗裕平はそもそも資産家の御曹司で、典型的な道楽息子だ。

一度は大手酒造メーカーに就職していたのだが、成績も素行も悪く、馘首《くび》寸前になっていたところを、父親が無理やり、弱小メーカーの南銀座麦酒に転職させてきたのだ。会社でも誰にも相手にされていない。

単に父親の口利きで、銀行融資が緩くなるというためだけの人質入社とさえ噂《うわさ》されている男だ。

そんな男と何故《なぜ》、やる？

『あぁあああ、乳首を摘《つま》んでっ。私、昇り詰める瞬間は、きつく摘まれるのが好きなのっ』

麻里子が、小栗の方に振り返り、切なげに眼を閉じて、懇願した。

『こうかい？』

小栗がしこり立った麻里子の乳首を、左右同時に摘み上げた。千切れそうなほど引っ張り上げている。

そうすると、どうなるか、雅彦にはわかっていた。

『んんわぁ、あああっ、いいっ』

麻里子が髪を振り乱し、全身を桜色に染めながら善《よ》がっていた。上体が伸びあがったせいで、烏羽《からすば》色の陰毛が見える。濡《ぬ》れそぼっている。

『ダメだぁ、それやっちゃうのは、だめだってばっ』

雅彦は声を震わせた。

麻里子の、その嗜好を、自分はよく知っている。

付け加えれば、麻里子は、律動されながら、その瞬間が近づくと、自分でクリトリスを弄《いじ》りまくるのだ。

『麻里ちゃん、いったい、なんだってこういうことになるんだよっ』

ほとんど絶叫していた。刃物があったら、振りかざしていたかもしれない。持っていたのは、コップに入った水だけだったので、とりあえずその水を、小栗の顔にめがけて掛けた。

そもそも汗みずくの男の顔にコップ一杯の水を掛けたところで、何のインパクトもなかった。

『俺に罪はないってばっ』

小栗が、そばにあったコンドームの袋を投げ返してきた。ひらひらと舞うだけでこちらも迫力はなかった。

シリアスな現場で、男ふたりは滑稽だった。

極薄0・03ミリと書かれたコンドーム袋の封は切られていなかった。

（ってことは、生挿入かよっ）

さらに頭に来たので、コップを投げつけてやった。

プラスチック製のコップだった。狙い通り、カチンと音を立て、小栗の額に当たった。まるで子供の喧嘩《けんか》だった。

『いてっ』

顔をしかめて、小栗がピストン運動を中断した。

麻里子が怒りだす。

『とりあえず、ふたりとも、ちょっと待って。まずは、小栗君、私のこと、突き切ってちょうだいっ。雅彦君は、あっちの部屋で待機しててくれない？　話し合いには応じます。でも一回果てるまで、待ってよ。それぐらい、男の余裕を見せてくれてもいいでしょう』

麻里子は、両肩をシーツの上におろし、尻だけを高々と上げた。発情した猫がやるおねだりポーズだ。

『あのな……』

雅彦は気色《けしき》ばんだ。元アイドルの妻をじぶんちで、寝取られた夫の気持ちがよくわかった。

小栗が吠《ほ》えていた。

『おうっ。わかった、俺、出しちゃうからっ』

びっしょりと全身に汗を噴き上げた小栗が、ＡＶ男優さながらに、尻たぼを窪《くぼ》ませて、腰を振り始めた。ラストスパートをかけるらしい。

雅彦は、決別を誓った。

ほろ苦い思いだが、もうやり直すことなんて、出来そうにない。

問題は麻里子より、この小栗と明日から会社で、どう向き合うかだ。

性交中のふたりにクルリと背を向けて、雅彦は部屋を出た。

背中で、麻里子の声がした。

『雅彦、淡泊すぎだよ。私がクールに振る舞おうが、理性的な話ばかりしようが、やってくれなきゃっ。週に二回は欲しいもの……。それに七年は、長いよ。私、来年三十歳だよ、あぁあああ、小栗君、もっと滅茶苦茶に突いてっ』

言いたいことはわかった。

反省もする。

けど、ひとことだけ言いたい。

『これは、ないっ』

月島からペダルを漕いで、おおよそ七分二十秒。勝鬨橋《かちどきばし》が見えてきた。一気に渡り切った。

隅田川《すみだがわ》を越えれば悪夢から覚めるような気がしたのだが、現実は麻里子の燃え滾《たぎ》る瞳が、網膜から離れなかった。絶頂に打ち震えている眼だった。

（あれは、ひどいよ）

やっぱり涙がこぼれてきた。

自分の恋人が、他人とやっているところに出くわすなんて、人生最大の屈辱じゃないか。これが試練というのならば、天はとんでもないサディストだ。

徐々に近づく銀座のネオンが濡れて見える。

それでも、ひたすらペダルを踏んだ。とにかく早く、出来るだけ早く、麻里子のマンションから遠ざかりたかった。

場外市場はとうに閉まっていて、開くにはまだ早すぎる時間なのに、生臭い風が流れてくる。築地《つきじ》特有の匂いだった。

この自転車を譲ってくれた『寿司鶴《すしつる》』の前を横切り、歌舞伎座の前へと出た。目的などない。まっすぐ新橋のマンションに帰る気にもなれなかった。雅彦は東銀座にある勤め先を目指した。

よく言えばヴィンテージ物、平たく言えばただの老朽自転車が、ペダルを踏むごとに、ぎぃ、ぎぃと音を立てる。

一緒に泣いてくれているようだった。

もともとは業務用の黒い自転車だ。

寿司鶴の大将が、四十年も出前に使っていた名車だ。

息子に暖簾《のれん》を引き継ぐにあたり、廃車にしようとしていたのを、ランチの常連だった雅彦が譲り受けたのだ。春のことだった。二代目は赤いベスパに乗って出前を運んでいる。

雅彦はボディを黄色に塗り直し、四角ばった古式豊かなヘッドライトは緑色にした。さらにその下に、フェラーリのエンブレムを貼りつけた。

『バッタ物のイエローフェラーリとは最高ね』

三か月前。四丁目の時計屋の前で、初めてこの自転車を披露した時、麻里子が手を叩《たた》いて喜んでくれたのを想い出す。

もはや百年前の出来事のような気分になってきた。

気づくと会社の前にいた。南銀座麦酒株式会社。偉そうな社名だが、雑居ビルの中にあるインディーズ系メーカーでしかない。

オフィスのある六階の窓にはまだ灯《あか》りが付いていた。

午後八時半。営業部の雅彦たちなら、締め日でもない限り、オフィスにはいない時間だったが、宣伝部が、まだ残業しているようだった。

こんな時は会社という日常に戻るのが、一番楽なような気がした。

自転車を隣のビルとの隙間に隠し、雅彦は社に向かった。

2

会社といっても社長以下総勢三十人の弱小ビールメーカーでしかない。ナショナルブランドの大手とは似ても似つかない地ビールメーカーだ。

南銀座麦酒は、銀座界隈《かいわい》の小売店と飲食店だけを販売エリアに持つインディーズ系メーカーなのだ。

狭いビルの五階と六階の二フロアに本社の社員が揃っている。

この程度の会社で本社というのもおこがましいが、葉山《はやま》に小さな醸造所を持っているので、便宜上こちらを本社と呼んでいる。

ちなみに醸造所は湘南《しょうなん》工場と呼称されていた。

銀座本社に湘南工場。

社長の田中正明《たなかまさあき》は銀座界隈でも有名な見栄張《みえっぱ》りで、零細企業でしかないのに、やたらとブランドバリューを大きく見せたがる。

もっとも、その戦略が徐々にだが、南銀座麦酒に効果的なイメージを醸《かも》し出していた。創業十年。不況下にあっても堅実に黒字を積みかさね、いま社長は今後の景気回復を見込んでさらに大きな勝負に出ようとしているらしい。

本社には二十人ほどの社員がいる。

五階は社長以下管理部門の人間たち。六階が営業部と宣伝部という戦力部門だ。

この時間、当然、五階は閉まっている。

雅彦は六階に入った。

宣伝部の連中が、五人全員残っていた。それぞれがパソコンに向かって仕事をしている。夏の最盛期にむけて、販売促進の戦略を練っているらしい。

軽く会釈をして、ひとつ奥にある営業部の席へむかった。

星野澄子《ほしのすみこ》が、茶色の前髪をピンで止めて、フライヤーのデザインに取り組んでいた。一心不乱にレイアウトする姿は、とても可愛《かわい》らしかった。

この会社ではプロのアートデザイナーに依頼することはない。

ポスター制作からネット用の動画ＣＭまですべて、自前で作る。

ちなみにテレビＣＭなどはない。

営業部は全員自転車に乗って界隈の商店やバー、クラブへと御用聞きに飛び回り、商品はその日のうちに、荷台に載せて届けるのだ。

会社と呼ぶより、大学のサークルのような会社である。

「澄ちゃん」

そう語りかけた。宣伝部のマドンナ的存在である、彼女のことを、このフロアではみんなそう呼んでいた。

澄子は二十五歳。入社三年目。丸顔で、瞳が大きい愛くるしい顔立ちだった。全体的にムチムチとした体つきだったが、彼女がスカートを穿《は》いている姿を見たことがない。おそらく太腿《ふともも》はとんでもなく、いやらしい膨らみ方をしているに違いなかった。

そんな妄想を隠して、澄子に頼みごとをした。

「あの、裁縫セットって持っている？」

いまどきの女子はそんなもの、会社に置いていないだろうと思いつつも聞くだけ聞いた。

「一応、持っていますが？」

澄子に訝《いぶか》しげな眼を向けられた。

「ちょっと、スーツのボタンを付け直したくて」

実際、上着のボタンのひとつが緩み始めていた。

「いいですよ。使ってください」

澄子は「私がつけましょうか？」とは言ってくれなかった。

よかった。

ただ睨《にら》みつけるような視線を向けられたことが、気になった。澄子の頬が珍しく紅潮している。

何か気に障《さわ》ることをした覚えはない。

もっとも覚えがなくても、女心はわからないということを、今夜はたっぷり味わわされたので、何かしたのかも知れないと、頭を巡らせた。

やはりなかった。

礼を言い、プラスチックの小箱に入ったソーイングセットを預かり、自分の席に向かった。

人気《ひとけ》のない営業部の島に戻った。

何気にホワイトボードを見た。五人の部員の外出先が示されたままだ。雅彦のネームプレートの下に小栗の名前があった。奴《やつ》の出先を見る。

〈晴海、店回り。NR〉とあった。NRはこの会社において、ノーリターンを示す。つまり不帰を表わしているわけだ。

晴海のついでに、月島に寄ったというわけか？

ふんっ。

雅彦は自分の席の隣にある、小栗の席を見おろした。意外にも整然としている。仕事をしていない男ほど、デスクはきれいなものだ。

デスクサイドの引き出しの最下段を開けた。小栗がここに何を隠しているかを、雅彦は知っていた。小栗が自慢げに見せてくれていたからだ。

開けると、そこにはコンドームの箱が山積みになっていた。

一番手前の箱を取り出す。

こっそり中身を取り出した。袋が十枚綴りになっていた。

雅彦は、にやりと笑った。澄子から借りたソーイングセットの中から、裁縫針を取り出す。誰もいない営業部の中に、キラリと針が光った。宣伝部の連中は、いずれも自分の仕事に熱中している。こちらを見ている者などいなかった。

雅彦は、コンドームの袋の上から、チクリと針を刺した。十袋のこらず、一点だけを刺し、元の箱に戻した。

袋から覗《のぞ》いただけでは、まったく気付かない。目測であったが、袋の中心を狙って、刺した。狙い通りなら、コンドームの精液溜《だ》まりのあたりを、ちょん、と一突き、出来ているはずである。

このコンドームが、今後どう使われようと知ったことじゃない。

おそらく小栗が麻里子とやることは、二度とないだろう。

これは元恋人としての、直感だった。

それはともかく、あの男がしでかしたことには、このぐらいの報復は、妥当である。たとえ唆《そそのか》されたにしても、してはならないことがある。

友達の彼女とやることだ。

コンドームの箱を引き出しに戻し、ついでながら、自分の上着のボタン付けもした。我ながら下手《へた》くそな結わい方であった。

なに食わぬ顔で、ソーイングセットを返しに星野澄子の席に行った。

「ありがとう。どうにか、ひとりでつけられた」

背中越しに礼を言い、彼女の机のうえに小箱を戻した。

パソコンを向いていた星野澄子が、チラリと雅彦の方を見た。繕《つくろ》ったばかりのボタンのあたりをじっと見ている。きちんとついていない。縫い方が甘かったので、ボタンが垂れ下がっている。

「変だよね……。でも男の裁縫なんて、こんなものでいいんだよ。ちょっと垂れ下がっているけど……」

と雅彦は、笑ってごまかした。澄子はボタンのあたりをじっと、見つめたままだ。

上から見おろしていると、見えるのは澄子の頭頂部だけで、なんとなくだが、フェラチオされているような、構図に見えなくもない。澄子の肩と背中から、汗まじりの甘い女の匂いがしている。

ズボンの中で、半勃《はんだ》ちぐらいにまで収まりかけていた肉根が、またピクンと跳ねた。

マッキントッシュの液晶の中に、フライヤーのデザインが映っていた。

青空をバックに、主力商品である『銀座一番』の小瓶が飛び跳ねているレイアウトだった。銀色のラベルが濡れていて、真夏の清涼感を醸し出していた。

「いい絵だねっ」

勃起をごまかすように、後退《あとずさ》りしながら言った。

「飯島先輩っ。いやらしい目で、私を見ないでくださいっ」

澄子に見上げられた。童顔なのに、ねっとりとした視線だった。

「そんなっ。いやらしい目だなんて。変な気持ちなんて、ないっ、ないっ」

顔の前で手を振って否定した。

「でも先輩、いま変な妄想していたでしょう」

「だから、そんなこと、ないってばっ」

雅彦はさらに後退りしながらも否定した。

澄子が指を伸ばしてきた。

（な、何をする？）

「そこ、膨らんでいますっ。私の背中で、何、妄想していたんですかっ」

澄子は雅彦の股間を触ろうとしていたわけではなかった。雅彦の股間を指さしているだけだった。

さされた股間。もっこり膨らんでいた。

自分で言うのもなんだが、大きいほうなのだと思う。半勃起でも、充分ズボンの生地を押し上げてしまっているのは、もともとが、巨根のせいだからであった。

澄子とのやり取りを聞いていた、他の宣伝部の男たちが、何事だ？　とばかりに、こちらに視線を向けてきた。

額に一気に汗が浮かんできた。

「いやっ、何も、妄想なんかしていない。澄ちゃんで、エッチなことなんか、俺、考えていないからっ」

「ホントですか？」

澄子が眉間にしわを寄せている。疑っている様子がありありだ。

「ホントだよ。これ、トイレに行きたい状態。男子の構造上、こうなっちゃうわけさ。なんかこっぱずかしいから、これで……」

雅彦は逃げるように、会社を後にした。今夜は逃げてばかりだ。

3

焼け酒でも呷《あお》らないと、気持ちが収まりそうになかった。

社の目の前に居酒屋があった。

『大東京食堂』

老夫婦だけでやっているこぢんまりした店にしては、大仰な店名だ。銀座で商売する人たちというのは、どこか洒落《しゃれ》を利かせたがる。

ここで、今夜のことをいったん整理しようと思った。

カウンターと四人掛けの椅子席がふたつだけの大食堂に、雅彦は足を踏み入れた。

「ビールなら、間に合っているよっ」

縄のれんを掻《か》き分けて、店に足を一歩踏み入れたとたんに、親爺《おやじ》のだみ声が飛んできた。

「あの、注文取りにきたんじゃないっす。一応、夜は客ってことで」

雅彦は頭を掻きながら、カウンターに着いた。

もっとも入り口に近い隅の席。

五人座るのが精一杯のカウンター席で、雅彦は五人目の客だった。

醬油《しょうゆ》の焦げる香ばしさに、胸が高鳴った。

ようやく日常に戻れたような気がして、安堵《あんど》を得た。

「まーちゃん、自転車だろう。エンジンが付いてなくても、乗り物は乗り物だ。ドライバーに、酒を出さない、というのが当店の決まりで」

何も注文していないのに、どんっ、とグラスが置かれた。グラスの中の水が発泡している。

「サイダーで、がまんしとけ」

と、ごま塩頭の親爺。

「フェラーリは、社の脇に置いて帰りますから」

幸いなことに、会社と雅彦の住む新橋のマンションは徒歩十分ほどであった。自転車は明朝までビルの谷間に放置して、歩いて帰ることにしよう。

「なら、それ飲んでいい」

親爺がグラスを勧める。

「これ、サイダーじゃ?」

「な、わけないだろう。ここは酒場だよ」

四角い顔の中の細い目が、一段と細くなっている。

「ですよね……」

雅彦は一気に飲んだ。

「わっ」

液体が喉に落ちた途端に、ひりつくような味がした。腑《ふ》に落ちると、かっと身体が熱くなった。

「な、なんすか、これ」

「ウオッカのシャンパン割り。サイダーに見えねぇこともねぇだろう」

すでにくらくらとなってきた。

「どんな酒、飲ませるんですか？」

雅彦はビール会社に勤めてはいるものの、酒が強いというわけではなかった。

「いや、これ、後ろの席からの、プレゼントってわけで」

親爺が奥側のテーブル席を指差した。

こんな地味な居酒屋で、小洒落たバーのような振る舞いをするのは誰だ？　しかもこっちは男だ。

雅彦は振り返った。

「お酒のブレンドを指定したの、私っ」

四人掛けのテーブルの一番奥にいた濃いめのメイクの女が立ち上がって、手を振っている。

経理部のお局《つぼね》社員、武田陽子《たけだようこ》だった。

むっちりとした身体をノースリーブのワンピースで包んでいる。色はロイヤルブルー。振っている手首でブルガリのブレスレットがカチカチと鳴っていた。

電車で見かけたなら、外資系証券会社に勤務するキャリアウーマンに見えないこともない。

が、実際の武田陽子はまごうことなき弱小企業の帳簿記入担当でしかない。

彼女と一緒に飲んでいるのは、管理部門の連中。全員が中年のおっさんだ。雅彦にとっては熟女に見える武田陽子も、あの人たちにとっては永遠のマドンナなのだ。

店に入る時に、奥の席まで確認するべきだった。同じ社の人間がいると知っていたら、今夜は絶対に入らなかった。

「はぁ？　なんで、僕に、こんな強いお酒なんですか？」

わきあいあいと飲む気なんかなかった。今夜はカウンターで、ひとりで、黙々と飲んで、麻里子がどうしてあんなことをしでかしたのかを、深く考えたかった。酒の勢いを借りて、逆に冷静に物事を整理してみたいときだってある。

なのに、いきなりこんな強い酒を振る舞われたら、思考が停止してしまうではないか。

「だって、営業部のイケメンを、酔わせてお持ち帰りしたいんだものっ」

陽子が、顔を真っ赤にして言っている。酔いが回りすぎているのか、それとも、周囲の中年社員たちに乗せられてそう言わされているのか、真意のほどは計りかねるが、とにかく、耳朶《じだ》まで真っ赤にして手を振っている。

目尻の皺《しわ》はさすがに隠せないが、化粧の乗りはいい。日頃は電卓を睨みつけているきつい眼も、いまは、どういうわけかメガネまで外して、熱い視線を送ってきている。

隣に座っていた内田《うちだ》経理部長が、陽子に声援を送る感じで、囃《はや》し立ててきた。

「ヒュー、陽子ちゃん、今夜こそ、処女を捨てたほうがいいっ。どうせなら飯島ぐらいのイケメンを食っちゃえっ。いいぞぉ、若い男はっ」

陽子が、さすがに恥ずかしそうに俯《うつむ》いた。

「部長っ。それ、そのままセクハラ、アンド、パワハラですよっ」

雅彦は立ち上がりながら、あえて冷静に言ってやった。別に武田陽子を擁護してやるつもりはなかった。単に話に区切りをつけたかっただけだった。

「私は、平気なのよ。いまどきの新人OLと違って、下ネタもオッケイ。仕事帰りの一杯だもの。そのぐらいの鷹揚《おうよう》さは必要よ。飯島君も、一緒に飲もうよ」

「そうだ、そうだ。今夜は経理部の奢《おご》りだ、こっちへ来いよ」

やれやれだ。日頃は、無理な押し売りを聞いてくれた酒屋の主人と、近くの喫茶店でコーヒーを飲んだ領収書一枚にも、文句をつけてよこす部長、珍しく気前がいい。

正直、めんどくさかったが、雅彦は、席を移動した。

ここで、この連中を避けて通る方が、あとあとややこしくなる。少人数の会社でも、組織は組織だ。人間関係は最優先しなければならない。

「初めてですよね、五階の皆さんと飲むの」

営業スマイルを浮かべて、その席に加わった。

「おぉ、そうだなっ。フロアが違うと、コミュニケーションが希薄になりがちだ。飯島も、ちょくちょく下に降りてこいよ」

部長の目の前にいた総務担当者の大塚《おおつか》が肩を叩いてきた。かつては大手旅行会社で人事部にいた人だ。三年前にリストラされて、この弱小メーカーに拾われてきたのだそうだ。ブルドッグのような顔で、ビールをがぶがぶ飲んでいる。

自分の会社が卸した商品を、倍以上の金を払って、がぶ飲みする気が知れなかったが、この人なりの、愛社精神らしい。

他にもうひとり初老の紳士がいた。

銀髪の岡野《おかの》専務だ。十年前に社長と共に大手を飛び出し、この会社の設立に加わった共同経営者だ。

五十歳の社長より十歳上で、今年還暦。質実剛健な紳士に見える。

どちらかと言えば、イケイケの社長を上手《うま》くサポートしていることから、銀行筋の信任は、岡野専務のほうが厚いとされている。

いずれも良い人たちであり、酒を飲むのもやぶさかではないが、二十九歳の雅彦から見れば、全員が人生の大先輩であり、息苦しくもあった。

しかも、陽子も含めて、全員、酒が強い。

一時間ぐらい社内の噂話に花を咲かせ、十時近くなった頃には、雅彦はもう、かなり酔っていた。飲んでいたのは、ビールだけなのに、最初に食わされたウオッカ・シャンパンがいけなかったのか、頭がグルグルと回りだし、店の景色も傾いて見えてきた。

「営業の若手にしちゃ、弱いな」

「陽子ちゃんと一緒なので、倍、酔っちゃったかなぁ？」

「やっだぁ、大塚さん、私、照れちゃう」

「清《せい》さん。払いは、私に回してください」

「はいっ、月末、専務のところに集金にあがりまっさぁ」

そんな声が聞こえる間も、雅彦は、立って歩くのがやっとだった。

専務が出て行くと、男ふたりもすぐに、後を追って帰って行った。

「じゃ、陽子ちゃん、飯島とちゃんんと、やっていけよ」

残っていた内田部長も最後までセクハラ発言をして、足早に去って行った。

「なんだかんだ言っても、あの人たちは、みんな家庭が大事なのよね」

結局、雅彦は陽子に身体を支えられながら、店を出ることになった。

（超かっこ悪っ）

六月の夜空から湿った空気が舞い降りて来ていた。陽子は、首にレモンイエローのストールを巻きながら、雅彦の腕に、自分の腕を絡ませてくる。

ふらふらしている雅彦を、そうやって支えてくれているのだ。

「歩けるの？」

「はいっ、大丈夫です」

言ったものの、ぜんぜん大丈夫ではなかった。陽子が絡ませた腕を抜いたとたん、雅彦は大きく傾いて、右に倒れた。店の壁にぶつかって、かろうじて転倒は逃れた。

「だめじゃん」

陽子に腕を引かれると、こんどはその反動で、身体が彼女の方へと倒れていく。

こんなに酔ったのは初めてだった。

「いやんっ」

陽子の豊満なバストの上に、自分の薄い胸を当てていた。ワンピースの下から、硬いブラジャーの感触が、押し付けられてくる。ぼよんぼよん、と弾む感じ。

「すみませんっ」

あわてて、離れようとしたが、陽子が背中に手を回してきた。

「どうしようもないみたい。ほんとに食べちゃっていい？」

目の前に美熟女の妖艶《ようえん》な瞳があった。身体中の血が頭に上った。あんなことがあった夜だった。

「食べられたい……」

酒の威力は絶大だった。

陽子に唇を重ねられた。刺身の中トロのような感触の唇で、口を割り開かされた。つづいて、たっぷり涎を載せた舌が入ってくる。ねっちょり。

（んんんっ、はぁう）

蕩けるような快美感に、腰をふらつかせながら、雅彦も陽子の尻山に手を回した。つるつるとした生地の下に、はっきりとパンティの形を知ることが出来た。尻山を覆う面積が、とても少ないパンティだった。

「ぁあぁん」

陽子が腰をくねらせた。

ふたりとも、ここが会社の目の前だということを、すっかり忘れていた。

キスをしながら、双方共に、相手の身体をまさぐっていた。

いつの間にか、陽子の右手は雅彦の股間に伸びていて、ファスナーの上から、剛直をまさぐられていた。雅彦の方も陽子の尻山のカーブに沿って、後方から股底に指を這わせようとしている、まさにその時だった。

「あっ」

ビルの入り口から、宣伝部の星野澄子が出てくるのが見えた。

雅彦は本能的に眼をそむけ、自分の顔だけでも隠そうと、陽子の顔にぴったりと顔を重ねた。

「ううう」

陽子は逆に勢いづき、挿し込んでいた舌先を、さらに執拗《しつよう》に動かしてきた。じゅるん、じゅるん、と舐められる。

「はぅうっ」

澄子は明らかにこちらの存在を認めていた。薄目を開けて様子を探ると、澄子は顔を強張《こわば》らせ、いまにも泣き出しそうな顔をしていた。

（違うんだってば、澄ちゃん）

と思ったが、言ったところで始まらないし、どうにも身動きの出来ない状況だった。陽子の右手が、ファスナーを下げて侵入してきていたのだ。

（おぉおっ）

トランクスの縁を捲《めく》られている。生温かい指先が、棹を探すように伸びて来ていた。

澄子が、こちらに一瞥《いちべつ》をくれて、唇を嚙みしめながら、去って行った。むしろ見てしまったことに気まずさを感じたのは、彼女の方かも知れなかった。

「飯島君、新橋のラブホ、どこか知ってる？」

ようやく唇を離してくれた陽子に、涎の糸が付いたままの唇で言われた。見上げてくる目が血走っている。今夜二度目の発情した女の瞳との対面だった。

4

南銀座から徒歩五分。新橋駅の日比谷《ひびや》のＳＬ広場からさほど遠くない場所にあるラブホテルをめざして歩いた。

腕を組み、身体を絡め合いながら歩いていると、陽子が股間を撫《な》でまくってきた。

「あの、歩きながら、触るっていうのは、どうなんでしょうか?」

「私、これ触っていないと、いまは落ち着かない。飯島君が逃げちゃいそうで」

玉袋のあたりを、手のひら全体で、ぐにゅぐにゅ、と押したかと思えば、す〜っ、と五指を上げて、人差し指の腹で、反《そ》り返った亀頭の裏側を擦《こす》ってきた。

スーツパンツの上からとはいえ、指の感触もはっきり伝わってきて、生で触られるよりも、昂奮させられた。

「いまさら、逃げませんてばっ」

雅彦も、お返しとばかりに、陽子の股を触った。女性に対して、前から堂々と手を突っ込んでは、恥をかかせすぎな気がしたので、尻のカーブに沿って、手首を曲げて、後ろ側から股座《またぐら》を触ってやった。

「あぁあん、エッチぃ」

陽子は、モンローウォークで歩き出した。

超セクシーな腰の振り方だった。

湿気の季節だったが、陽子の股座は、それとは別の内部からの湿り気に溢《あふ》れていた。

「もっと、いっぱい触っていいよ。ぐちょぐちょになっているわ」

すれ違う人たちの視線も刺激だった。身体をぴったり密着させて歩いていたが、向こう側から歩いてくる人間がいると、決まって雅彦の背中に顔を隠した。顔を隠しながら、男根を擦る指は、より大胆に動かしてくるのだ。

ソーセージのような形に膨らんだ肉根を、スーツパンツの上からなぞるように、摩擦してくる。

誰が見ても勃起がわかるほどに、スーツパンツに姿形を浮かびあがらせる触り方だった。

向かい側から、二人のサラリーマンが千鳥足で歩いてきた。頭にネクタイの鉢巻きをした男と、寿司折りをぶら下げた男だった。どちらも四十代ぐらい。働き盛りの新橋親爺だ。

陽子がふたりの男を意識したように、むんずと膨らみを握り直し、手を上下させせた。

「あの、ちょっと、目立たせすぎです」

さすがに雅彦は羞恥《しゅうち》を覚えた。ここが歌舞伎町だったら、絡まれるところだ。

瞬間、通り過ぎる車のヘッドライトに、股間を照らされ、勃起が鮮やかにクローズアップされた。

頭にネクタイを巻いた男が、仰天して、電信柱の脇にあったポリバケツにけつまずいて、転んだ。もうひとりの男は寿司折りをぶら下げたまま、呆然としていた。

歌舞伎町ではなく新橋でよかった。

雅彦は、どうせなら、とばかりに、陽子のスカートの裾を、思い切り捲り上げてやった。

おっさんたちへの大サービス。

「いや〜ん」

ロイヤルブルーのワンピースは想像以上に軽い生地で、陽子の腰骨が見えるほど高く、めくり上がった。真っ白なTバックが、闇夜に浮かぶ。

「だめよぉ、飯島君がグイグイ触るから、もう、真ん中がずれているのよ」

陽子が悲痛な声をあげた。

「ってことは？」

雅彦からは見えなかった。

「たぶん、いま毛が丸見え……。というかハミ小陰唇……」

陽子に肩を噛まれた。

寿司折りを持った男が、棒立ちになったまま、口をあんぐりと開けていた。

「やばくない？」

スカートの裾を摘んだまま、聞いた。

「やばいっしょ」

陽子は蕩けた瞳で言っている。雅彦の股間に這わせた手は下ろしてはいなかった。

そこから、一緒にダッシュで、ラブホまで走った。

星降る街中を、お互いの陰部を触り合ったまま、走った。

おかしすぎるが、止められなかった。

めざす『ホテル多仲屋《たなかや》』は幸いにも〈空室あり〉のランプを灯していた。

迷わず飛び込んだ。

酔いと昂奮と疲労で、ぐだぐだになりながら、自動販売機のような無人チェック機で、部屋を選んだ。宿泊九千円の部屋に決め、鍵を拾った。

そのままもつれあいながらエレベーターに乗る。

エレベーターに乗り込むやいなや、陽子にファスナーを下ろされ、男根を取り出された。午後八時頃から勃起したままだった肉根だ。外気に触れると同時に、カウパー腺液を漏らし始めた。陽子が亀頭に手のひらを被《かぶ》せ、液を引き伸ばしてくれる。

「手、汚れちゃいますよ」

「もっと濃い液で汚しても、いいよ」

陽子が手筒をつくって、扱《しご》き始めている。しゅっ、しゅっ、しゅっ。

「えええぇ～、ここで、ですっか？」

本当に射精してしまいそうだった。雅彦は照れ隠しに、鍵の付いたプラスチックの長いホルダーで、陽子の股間を押した。ワンピースが皺くちゃになって、中心が逆三角形に窪む。生地に張り付いた太腿と太腿の間が、むわっと匂った。濃い牝《めす》の発情臭だった。

三十センチはあるプラスチックのキーホルダーを抜き差ししてあげた。

「あんっ、んんっ。そんなに擦られたら、いっちゃいそう」

「いっしょに、一回、いきますか？」

「いい案だわ」

お互い、荒い息を吐きあった。

部屋は六階。いまはすでに、三階。間に合うか？

しゅっ、しゅっ、しゅっ。陽子が素早く手筒を動かした。

すこん、すこん、すこん。雅彦もホルダーを抜き差しした。

五階。あと一階だと告げる、チーンという音。条件反射した。

「出るっ」

雅彦は呻いた。

「えっ、はやっ、私、まだっ」

陽子が不服そうに右手の動きを止めた。瞬間、ぴゅんっ、と精汁が飛び出した。

「あっ」

不意打ちを食らったように、陽子が飛びのいた。エレベーターの壁に精汁が飛び散らかった。

「うぅ、いまので、来たっ」

細長いホルダーを股間に挿したまま、陽子が腰をガクガクと振っていた。軽い痙《けい》攣《れん》ぽい。

「動いた瞬間に、クリトリスが、ずるっ、と擦られた」

見ると、陽子のワンピースの裾から伸びた美脚に、粘汁が何本か曳《ひ》かれていた。太腿から、つつーっと、脛《すね》、足首に向かって垂れている。甘い匂いもする粘液線だった。

「一緒に、いけてよかった」

雅彦は小さな連帯を感じた。

エレベーターがガクンと一度揺れて、制止した。チンと音を発して、扉が開く。

「わっ」

ズボンから肉幹を出したままの雅彦は、身を縮めた。

扉の向こう側。

ポリバケツとモップを持ったおばちゃんがひとり立っていた。

陽子は両脚をピタリと閉じて、粘液を隠したが、雅彦のほうは、肉杭《にくくい》を手で隠すしかなかった。床にポタポタと精汁を垂らしたまま、にやりと笑ってみせるしかない。

「すみませんっ。汚してしまいました」

頭を下げた。すぐに謝るのは、営業マンの習性だ。

「いいえ、こちらこそ、出動が早すぎて、すみませんでした」

三角頭巾をかぶったままのおばちゃんも、頭を下げている。

「出動って?」

陽子が内またで歩きながら聞いている。

「エレベーター射精、よくあるんです。下から連絡あると、すぐに掃除に向かう仕組みになっているんですけど、私、ちょっと早すぎました」

おばちゃん、乗り込んできてモップで壁を拭き始めた。こちらは降りる。

「あの、いまのシーン、誰か見ていたんでしょうか？」

雅彦が聞いた。ち×こを押さえたままだ。まだ縮小していないので、手に余る。

「誰かって、エレベーターと廊下は防犯カメラありますから、事務所のモニターに監視されていますけど？」

おばちゃん、しれっと言っている。ついでに、ひとこと加えた。

「お部屋は、プライベート空間ですから、絶対にカメラなんかで見られませんけどね。共有スペースは、防犯上、仕方ないんです。ですから、廊下で嵌《は》めたら、百パーセント記録に残っちゃいますから。気を付けてくださいね」

おばちゃん、ウインクして、肩をすくめた。やれやれだ。

「そうですか。勉強になりました」

陽子は、礼まで言っている。

扉が閉まった。エレベーターは精汁とおばちゃんを乗せたまま、下降していった。

「部屋、どっちだ？」

雅彦はキーホルダーについた番号を確認し、長い通路を見つめた。通路の最奥に、こちらを向いたカメラがある。

(あれか……)

ふと横を見ると陽子もカメラを睨んでいた。

「さっさと、部屋に入りましょう」

盛り上がったヒップを、軽く撫でまわしながら、そう促した。生地の下のパンティは、紐《ひも》状になっていた。

「その前にここで、膣ドン、しちゃってくれない？　飯島君、どう？」

陽子がカメラに挑むように、言っている。

「いや、それは……。監視されているって、わかっているんですから……」

さすがに怯《ひる》んだ。

「膣ドンの、ピンポンダッシュ……って楽しくないかしら？」

アヒルのように尖《とが》らせた唇の上に、舌を這わせている。

「えぇぇぇえ～」

激しく首を振る雅彦をしり目に、武田陽子は壁に背をつけ、ワンピースの前を捲った。そのまま片足を上げ、雅彦の脇の下あたりにハイヒールの靴底を向けてきた。

仕方なく、脛を抱いた。

股座が上向きになり、すぐに肉丘が差し出されるような按配《あんばい》になった。

「角度、ばっちりでしょう」

平べったい股座の上でパンティの股布が捩《よじ》れて、肉丘に食い込んでいた。

（くわぁ〜）

薄桃色の襞《ひだ》が、左右から完全にはみ出している。

「ずらすね……」

陽子は左手でワンピースの裾を摘んだまま、もう一方の手で、股布を脇に、ずらした。くちゅり。中身が見えた。

肉海鼠《にきなまこ》。焦げ茶色の隈取りの内側で、桃色の襞や筋がぐにゃぐにゃと、うねっている。三十九歳の生まんっ。

雅彦は卒倒しそうになった。一度射精したばかりなのに、ふたたび勃起した。

「早く、ここに挿し込んで。エレベーターが六階にくるまでに、何回往復できるかなぁ？」

陽子が嘯《うそぶ》いている。

「管理部門の人たち、陽子さんがこんなにスケベだって、知っているんですか？」

とりあえず、聞いた。

「当然っ」

「はっ？　当然ってなんすか？」

「みんなとやっているもの。私が若干露出癖があるの、知っているわよ」

今度こそ本当に卒倒するかと思った。

「みんなって……？」

「さっきいた人たち、全員」

「うそだぁ、俺、専務や部長の弟になるのも、大塚さんの弟になるのも、いやだぁあああ」

すぐに背を向け、逃げようとしたが、亀頭を摑まれた。

「わぁああ」

涙目になった。わぁーわぁー泣きたかった。今夜はとことん、ツキがない。

「いれちゃうっ」

亀頭を淫穴へと導かれ、腰を打ち返された。にゅるっ、と亀頭が潜り込んだ。

「ドンッと押してよっ」

誘惑の言葉に誘われ、雅彦も尻を押し返した。

ずるんっ。亀頭を、一気に子宮に届くまで、送り込んでしまった。

「はぁ～ん。飯島君、おっきぃぃいいい。その棹で、私を田楽《でんがく》刺しにしてぇええ」

陽子が後頭部を壁に打ち付けて、身を捩っている。

こうなったら、もう、やれるところまで、やっちゃうしかない。

「武田さんっ。エレベーターが上がってくる階数だけは、ちゃんと見ていてください」

ずんちゅっ、ぬんちゃっ。抜き差しした。ほとんど時間がないと悟ると、感度がいつもの倍に上がった。

「あっ、一階から、動いた。二階に上がってくる」

「どっひゃぁ～」

雅彦は、とてつもなく早い速度で、陰茎をスライドさせた。

ぬちゃ、ぬちゃ、ぬちゃっ。

「あぁああ、いいぃぃぃぃぃ」

陽子は地に付けていた方の足も浮かせ始めた。

ええいっ。雅彦はその足も抱えた。結果駅弁スタイルになった。

「このほうが、動かしやすい」

ずずずずずず。

機関銃をぶっぱなすように、小刻みな膣内摩擦を見舞ってやった。

ずきゅん、ばきゅん。だだだだだっ。

さきほど、麻里子のマンションで、胸底に抑え込んでいたわだかまりを、亀頭の尖端《せんたん》から吐き出すつもりで、撃ちまくった。

「ぁあああああ～ん。こんなの初めてっ。飯島君、最高っ」

「ぼくもです。武田先輩のおかげで、今日嫌だったこと、忘れてしまいそうです」

「ぁああ、嬉《うれ》しいわ。何があったのか、知らないけど、エッチさえしていれば、世の中、いいことずくめよ。ぁああ、でも、エレベーター四階まで来てる。いいっ、ご、五階に来たぁあ。あと少しで、六階の扉、開いちゃうっ」

陽子は、荒い息を吐きながら、首を振っていた。極点を迎えそうな表情だった。

「やめちゃ、いやっ」

背中に手を回され、強く、強く抱かれた。

「わかった」

雅彦は陽子を抱いたまま、クルリと半回転して、通路の奥を目指した。奥から三つ手前の扉が自分たちの部屋だった。

ぺったん、ぺったん。股の中心を打ちつけ合ったまま、前進した。大きなビールケースを持って、店に運ぶ営業マンだ。腰と腕っぷしには自信がある。

土俵に向かう関取のように、胸を反らせ、腰から先に、身体を前進させた。陽子も積極的に、尻を振っていた。

徐々にカメラに近づいていく。

一度立ち止まり、レンズを睨んでやった。

肉茎を膣にずっぽり埋めたまま、歌舞伎の市川團十郎のように、小首を一回、振って、心の中で、いよぉおっ、と叫んでやった。

(見るなら、見やがれっ)

雅彦は開き直っていた。舞台の袖から、ばち～ん、と拍子木が入る音がした。

拍子木ではなかった。エレベーターの扉が開く音だった。

「お客さんっ。いい加減にしてください。廊下はパブリックスペースですっ。公然猥褻《わいせつ》罪で、通報しますよっ」

きちんとしたスーツを着た白髪の男が叫んでいた。雅彦は、ふたたびダッシュで、部屋に駆け込んだ。

そのまま朝まで、経理のお局さまと、交わった。

第二章　気分しだいで責めないで

1

午前七時。武田陽子は、気分良く目覚めた。

ラブホテルで迎える朝は、何度経験しても気持ちがいい。

今日一日の女子力が、アップするというものだ。

シティホテルのように、朝の日差しが入り込んでこないのがとくにいい。

あの爽やかな朝の光を浴びてしまうと、昨夜のセックスが帳消しにされた気分になってしまうのだ。

女も歳《とし》を重ねると、現実に帰るのが嫌いになる。いつまでも、寝物語の中で、愛汁を流し続けていたい。

だから、窓がないラブホは快適なのだ。

朝になっても昨夜の情事をまだ引きずったような淫靡《いんび》さが、部屋にはむんむんと充満していた。

陽子は、寝返りを打った。

やっぱり、歳下男子とやった後は、身体《からだ》の軽やかさが、違う。

腰が小気味よく回転するではないか……。

「飯島くーん」

昨夜、酔った勢いでラブホに飛び込んだ相手、営業部の飯島雅彦が、すぐ横で規則正しい寝息を立てている。

勢いだけで、十歳も歳下の男とやれるなんて、なんて素敵な夜だったのだろう。

（幸先がいい）

陽子はほくそ笑んだ。

間もなく三十代最後の夏がやって来る。今年の夏は、エッチをしまくる計画だ。

そして出来ることならば、念願の結婚相手を捕まえるのだ。

略奪婚でも何でもかまわない。四十路《よそじ》が来る前に、ウエディング・ドレスを着るというのが、陽子の当面の目標なのだ。

その「エッチで結婚戦略」の弾みをつけるためにと、営業部の若手をねらってみたら、まんまと罠《わな》に落ちてくれた。

さすがに、飯島雅彦とゴールを目指すには無理があるが、梅雨《つゆ》が明けたら、すぐにスタートダッシュをかけるには、今日から「毎日セックス」を心がけたい。

「飯島くーん。もう一回やろうよ」

細身の身体を反対側に向けて寝ている雅彦の頰骨を撫《な》でまわし、肩に舌を這《は》わせながら言った。

「んんんっ」

雅彦が子供のようにむずがり、無意識ながらもベッドの縁へと逃げて行こうとした。シーツからはみ出した片足が、だらりとベッドから零《こぼ》れ落ちた。

男の子の、無邪気な寝姿は、なんとも欲情を搔《か》きたててくれるものだ。

陽子は雅彦の背中に抱きつき、両手を胸に回した。

生乳首を背中に押し付ける。むにゅむにゅと、撫でまわすように押し付けた。

「はふぅ……柔らかい……っす」

寝言のようにため息を漏らすのが、たまらなく可愛《かわい》らしい。陽子は嬉《うれ》しくてたまらなくなった。彼の肩甲骨の下あたりを、しこりだした乳首でコリッ、コリッと擦ってあげた。

「ふぁああ」

雅彦は、丸めていた背中を、くいーんと伸ばし、眠たそうな声を上げた。

(なんて、セクシーな声なのっ)

男子にこんな可愛い姿を見せられたら、どうしても、もう一発やりたくなってしまう。

(飯島君が夢うつつの間に、エッチモードに仕立ててしまおうっ)

陽子は飯島雅彦の背中をチロチロと舐《な》めながら、その胸板にも手を回した。後ろ抱きにしながら、男の乳暈《にゅううん》に指を這わせた。左右同時に、さわさわと乳暈を摩擦してあげた。すぐにブツブツと粟《あわ》立ってきた。

「んんんっ」

雅彦が上半身を捩《よじ》っている。その瞬間に、ちょーん。乳首の尖端《せんたん》を弾《はじ》いてあげた。

「んんっわっ」

身体を仰《の》け反《ぞ》らせた雅彦が、上腕に鳥肌を立てながら、寝返りを打って、こちら側を向いた。

「陽子さん、いま何時ですかぁ」

手の甲で、両目を擦っている。

すかさず、乳首を、ちょん、ちょん、ちょんと弄《いじ》ってあげた。最後に両乳首を摘《つま》んで、くぃ～んとひっぱってやる。女として自分が気持ち良かったことは、全部男にもしてあげるのが、陽子の性癖《くせ》だった。

「んんがぁ、気持ち良すぎる」

雅彦が身体を震わせている。胸を引くように、というより、女子が両腕でバストを寄せるような仕草をとって、歓喜の声を上げていた。

「男子が乳首を触られて、悶《もだ》える様子って、かわいいわぁ」

摘んだ両乳首を、人差し指と親指の間でくりっ、くりっ、と転がし、仕上げはちょっときつめに押し潰《つぶ》す。

ぎゅっ。

「あうぅうう」

雅彦が雄叫《おたけ》びをあげて、もがいている。

「あらっ」

陽子の太腿《ふともも》に、肉を張り詰めて棍棒《こんぼう》のようになった、雅彦の肉幹が当たった。

「もう、ぱんぱんっ。飯島君、また発情？」

自分から仕掛けておいて、陽子はそらとぼけた。

太腿で軽く擦ってやった。

「あっ、それとても、気持ちいいっす」

雅彦が期待に亀頭を弾ませて、太腿にぐいぐいと肉の尖端を押し込んできたが、陽子はあえて手で握ってやったりはしなかった。

「うぅうう」

おそらくはいますぐ手で扱《しご》いてほしいだろう男根を、自分の太腿の上だけで弄《もてあそ》んだ。

代わりに、乳首にだけ刺激を送りつづける。

ふたつの乳首を、摘み、捏《こ》ねくり回した。くにゅ、くにゅ、とやる。

「おっ、はっ、ふっ、ふぁっ」

乳首を摘まれた雅彦が、どんどん混乱し、下半身を右に左へと捩りだした。肉杭を陽子の太腿に擦りつけては快感を倍化させているようだった。

陽子はその肉杭を股間にピタリと挟み込んだ。股座《またぐら》の真下あたり。肉裂には触れない位置に、ガッチリと挟み込んだ。

「うぅうう」

雅彦の眼が血走っている。

「陽子さんっ。朝っぱらから、僕をどうしようっていうんですか？」

亀頭をぴくぴくと震わせながら言っている。

「ここから会社まで、徒歩五分だわ。まだ一時間半はやれる」

陽子は雅彦の顔を覗《のぞ》き込みながら、目を細めた。

出勤時間は午前九時三十分。八時三十分までは、エッチしてもいいと思う。

平日の夜にエッチするときは、オフィス街のラブホを使うに限る。ＯＬも十七年やっていれば、こうしたノウハウも蓄積されるのだ。

「モーニング・エッチ」

「あの……僕って、陽子さんの、コーヒーとかトースト、それにスクランブルエッグとかなんでしょうか？」

「卵料理には、ソーセージがあうわよねぇ」

股をギュッと締めた。同時に右の乳首を舐めてあげた。

「わぁ」

身を固めて震えている。超可愛らしい。股に挟んである男根が、乳首をベロンとやるごとに、跳ね上がる。

「ぼくは、ポーチドエッグか……。うわぁ、また舐めるぅ」

言うなり、雅彦が肉杭を上向きに突き上げてきた。肉裂に亀頭が当たる。カチンコチンになった肉の頭が、熟した肉裂を突いてくる。

「いやんっ、いきなりっ」

じゅるり、と蜜が溢《あふ》れかえってしまった。

「わざとじゃないです。陽子さんが、僕の胸を刺激するから、ち×ちんが、勝手に盛り上がっちゃうんです」

雅彦が情けない顔で言っている。乳首についた涎《よだれ》を、引き伸ばしてやるだけで、腰をヒクヒクさせた。股の中で擦れて、とてもエッチな気分にさせられる。

陽子は面白くなった。

「乳首舐めるだけで、割れ目に、入ってきちゃったりして？」

男子の乳首舐めで、肉根を跳ね返させるのが、ひとつの楽しみだったが、さらに進歩させて、自分の手で導かずに、挿入させるというのはどうだろう。

陽子は雅彦の右乳首に顔を埋《うず》め、レロレロと舐めた。

「おぉぅっ、はぅううっ」

雅彦が目をシロクロさせながら、腰を突き上げてくる。

本音を言えば、陽子も、もう挿入してもらいたくて、うずうずしていたのだが、ここは堪《こら》えた方が、快感が倍化するような気がした。

あえて、股をしっかり締めた。やったことはないが、素またという性戯があることぐらいは知っている。きっとこんな要領だろう。

締めた股の間で、うごうごと肉の塊《かたまり》が動いていた。

陽子は、こんどは乳首をちゅうちゅうと吸ってやった。ついでに左側の乳首を指で、摘んであげる。だいぶ慣れてきたようなので、快感が鈍化しないように、ちょっときつめに摘んであげた。

「んんんわぁ。いいっ」

これが効いたみたいだった。股の中に、じゅわっと熱い液が零れるのを感じた。

（まさかっ）

射精されてしまったのだろうか。それでは、ちょっと予定が狂う。回復する時間がもったいないことになる。

「飯島君、乳首ちゅーで、出ちゃったの？」

慌てて聞いた。

「だ、大丈夫です。これ先走り液です。まだ勃《た》っていますからっ」

雅彦はムキになっていた。この顔は可愛い。

「もう、挿《い》れちゃおっか?」

亀頭に肉裂を触れさせながら、唆《そそのか》した。

「はいっ、でも、乳首がこんなに感じるって、初めて知りました。陽子さん、面倒くさくなかったら、もっと舐めてくれませんか? 僕、歳上初めてなものですから、甘えて、すみませんっ。本当なら、僕のほうが、いろいろしてあげるべきなんですが、陽子さんには、とても太刀打《たちう》ちできそうにないので、今朝はされるままに、なっていたいんです」

雅彦が乳首を突きだしてきた。癖になったらしい。

昨夜は、この若い男が、縦横無尽に突き挿してくれたのだ。当の本人は、酔いが回りすぎていて、よく覚えていないらしいが、遮二無二《しゃにむに》に肉杭を突き立てられて、陽子のほうが、腰を抜かしたものだ。

本当の意味で「腰が抜けるっ」と思った。

エッチは技術より、やはりパワーだ。

だから、

(お返ししてあげるか……)

という気持ちにもなった。

「わかった。じゃぁ、徹底的に乳首舐めまわしてあげる。でも、太腿は締めたままだからね。根性で、穴に向かって這いあがってきなさいよっ」

「はいっ。乳首、お願いしますっ」

2

「あぁあ、擦れるぅ」

陽子は涎塗《まみ》れの口の中で、大きなため息をついた。唇に雅彦の乳首を挟んだままだった。

「はぁ〜う。胸が蕩《とろ》けそうだ」

雅彦が胸板を突き上げてくる。同時に股に挟んだ肉根が、むくむくせり上がってきて、尖端が、とうとう肉襞《ひだ》の扉をこじ開け始めていた。

「クリトリスをつんつんしている」

「あぁあ、僕の乳首と、武田さんのおマメ、大きさ同じぐらいじゃないですか？」

こんな時に妙なことを聞かれた。

（そういえば、同じくらいかもしれない。いまは私のクリクリも、ずいぶん膨《ふく》らんできているから……）

「ぼく、乳首舐められているのに、武田さんのクリトリスをしゃぶっている気分になってきました」

雅彦の顔が蕩けていた。

「そんなこと言われたら、私だって、飯島君の乳首舐めているのに、自分のマメ弄っているような錯覚になっちゃう」

「陽子さん、毎朝、モーニングオナニーしているでしょっ」

行きずりのエッチ相手ほど、女の本質をズバリと言い当ててくるものだ。

「……してる。毎朝、クリクリ擦らないと、起きられない」

そんな女は多いと思う。自分ばかりではないはずだ。だから、堂々と、そう言ってやった。

「僕の元カノも、朝オナニーしていました。僕に気づかれないように、背を向けて、こっそりやっているんですが、わかるんです。肩とか小刻みに震えちゃったりしているから」

「飯島君、彼女に、黙っていたんだ」

また乳首をちゅっ、と吸いながら、聞いた。

「はい。気づいているとわかると、彼女、やらなくなってしまうと思って、知らん顔していました」

「むらむらして、襲いかかりたくなったりしなかったの？」

「それよりも、その後、彼女が顔を洗ったりしている間に、オナニーしていたことを思い出して、僕もこっそり、抜くんです」

雅彦が、ニカッと笑った。これこそ男の本音だ。行きずりでしか聞けない話もある。

「飯島君、オナニーしている女って、好きなんだ」

ちょっと興味があったので聞いてみた。

「そうですね。もちろんセックスさせてくれた方が嬉しいですけど、女の人がオナニーしている姿って、ぞくぞくしますね。パフォーマンスとしての、オナニーじゃなくて、本気でしている姿」

雅彦は何やら、うっとりしている。この男の元カノって、単に欲求不満だっただけじゃないだろうか。

（ま、いいや。いまは彼女いないっぽいから、セフレにしようっと）

そう思うと、いろんなことを試してみたくなる。

「飯島君、間接オナ、見せてあげよっか？」

「はい？　なんですかぁ。間接オナって？」

「飯島君を気持ち良くさせながら、私も、いい感じになる、やりかた」

「それって、セックスそのものじゃないですかっ。僕、もうギンギンになっています」

雅彦がゆで卵みたいに、まるまると膨らんだ亀頭を、ドンと粘膜の割れ目に押し付けてきた。ぬちゃっ。蜜汁が跳ねる。

「ぁあぁ、いやんっ、いきなり、まんちょん、叩《たた》かないでっ」

うっかり声をあげさせられた。

「挿入しちゃダメよ。間接オナなんだから」

「はいっ、でもどうすればいいんですか？」

雅彦が、鼻から息を吐き、声を荒げている。

午前七時、陽子は、雅彦に猛烈な淫気を感じてきた。

ふたり、横に寝たまま向かい合っていた。

「飯島君は、おち×ちんの尖端を、私のクリに当てていてくれればいいの。どっちかって言えば、クリの下側……。そうそう、ぁぁあ、その位置」

　カチカチの肉頭が、腫《は》れた淫芽の真下に置かれた。

「それでいいの。あとは、私が、飯島君のおっぱいを、チュウチュウすれば、間接的なオナニーが出来るって仕組みっ」

「どういうことですか？」

　うろたえながらも目を輝かせている雅彦をしり目に、「やれば、わかるっ」と一言だけ残して、陽子は唇の間から、舌を差し出した。

　舌腹を可能な限り長く伸ばして、雅彦の左の乳首をベロンと、やった。

「ぬわぁあああ」

　胸にあばら骨を浮かせて、雅彦が歓喜の悲鳴を上げた。まだ舐めていなかった方の乳首だから、快感もひとしおだったらしい。

　当然、腰を突き上げてきた。

「あぁあ、それが、いいのっ」

　ち×この出っ張りが、クリトリスを、思い切り下側から、突き上げてきた。

　根元を思い切り押された感じだったので、それはもう、たまらないぐらいジーンと疼《うず》かされてしまった。

「あぁああっ」

「陽子さん、クリがぐちゃりと潰されましたが、平気ですか？」

「平気よ、飯島くーん、クリを真平《まったいら》にしちゃってっ」

陽子は腫れあがった淫芽をぐいぐいと雅彦の亀頭に押し付けた。

これは机の角とか自転車のサドルで、まんじゅう潰しをしている時の要領だ。

「あわわわ……、チ×ポ、ぱんぱんで破裂しそうっす」

雅彦の亀頭のてっぺん。軽く汁が湧き上がっていた。

陽子は少しだけ、クリトリスの位置をずらした。

腫れた尖《とが》りを、雅彦の亀頭の裏側に持って行く。ちょうど三角州みたいになっている部分に肉芽をあてがった。

その上で、雅彦の乳首を、ベロン。

「ぬわぁああ。僕、乳首だけで、漏れちゃいます。って、これ、チ×ポも感じるじゃないですかぁ」

雅彦の乳首を舐めると、腰が跳ねる。

腰が跳ねれば、亀頭が揺れて、クリトリスが擦られる。

男のほうも、亀頭の裏側を柔らかい肉の尖りで擦られまくるので、さらに硬《かた》さを増してくる。

「んんん……っわ」

まるで〈風が吹けば、桶屋が儲《もう》かる〉方式で、快感のループを楽しむこととなった。

陽子がちゅうちゅうと吸うと、雅彦の亀頭にツンツンされる。さらに舌を回して、ベロン、ベロンしたら、クリをズリズリ、バキュンと扱かれた。

「いいっわぁああ」

そんなことを一分以上も繰り返した。

身体中から、いやらしい匂いの汗が湧き上がり、陽子はいよいよ感極まってきた。

「ぁあああああ、飯島君、私、かなりいい感じになってきた。一回イク」

オナニー気分で、陽子は昇りつめたくなった。

「はぁああ、僕も、もう、出したくて出したくてっ、んわぁ、だだ漏れ始まっています……」

相手も切羽詰《せっぱつ》まっているようだった。

まさにダブル・オナ感覚。朝から新鮮だ。

「いくぅうう」

クリトリスを思い切り亀頭の裏側で擦った。

「私のおま×こ、ねとねとに濡《ぬ》れちゃっているぅう」

みずから卑猥《ひわい》な言葉を発して、頂上へと、身も心も導いていく。これって、まさに毎朝のオナニーの時の日課だ。

「うぉおおお。僕の亀頭の尖端もヌルヌルになってます。これ、もう本汁です」

雅彦はもはや噴きこぼし始めていた。

「あぁあ、出して、出しちゃってぇええ」

陽子は、渾身《こんしん》の力を込めて、最後の一擦りを味わおうと、腰を振った。

ずるっ。

「わっ、武田さんっ、ま×この位置ずれた」

雅彦の亀頭が滑った。クリトリスより低い位置に落ちた。

「いやんっ」

割れ目に並行して動いていた雅彦の肉棹が、はずみで、垂直に向かって来た。

「あぁっ」

ぬぽっ、と若干情けない音を残して、亀頭が膣穴《ちつあな》にめり込んでいった。

「うっそぉおおお」

ずぶっ、ずぶっ、ずぶっ。

「陽子さんっ。挿入しちゃいましたっ」

「って、飯島君の不意打ち、気持ち良すぎる」

クリトリスで極点を迎える予定をはぐらかされて、淫気のやり場に、一瞬困惑していたのだが、予期せぬ大挿入は、別の角度から衝撃をもたらしてくれた。

一気に昇天した。それどころか波が幾つもやって来る。

「あっ、いいっ、いいいいいぃ」

刺されたまま、陽子は自分の身体を雅彦の下側へと持って行った。

やはり、最後は、正常位でやられまくるのがいい。この体勢で、存分に突きまくって欲しい。

「飯島君、私を田楽《でんがく》刺しにしてっ」

「はいっ」

精汁を漏らしながら入ってきた陰茎は、内胴までがもはやヌルヌルで、乾いた逸《いち》物《もつ》を迎えた時とは、趣が違っていた。

普通は乾いた状態の棹に女の愛汁をまぶしていくものだが、入って来たのはそのままネバネバ棒だった。

（なんだか、凄《すご》いっ）

雅彦の男根。溶けだした蠟燭《ろうそく》って感じ。

自分の肉層も充分潤っているわけで、そこにこんな蕩けた陰茎をおしこまれたのだから、穴の中が、半端なくねちゃねちゃになってしまった。

「なんか、もう、ぐっちゃぐちゃ、ね」

「でも、陽子さん、穴の中、凄く気持ちいです。動かします」

雅彦は、いちいち淫穴の中の状態を報告してくるところが可愛らしい。

「うん、動かしてみて、このねちゃねちゃがどうなるのか、私も楽しみ」

「はいっ」

雅彦が腰をわずかにあげた。ぬちゃ。入っていた男根が、ちょっと抜かれると。肉穴の縁から、コンデンスミルクみたいな粘液が漏れてきた。視覚的には精汁なのか、愛汁なのか区別がつかないが、当事者の陽子にはわかった。

（これは私の蜜汁……）

雅彦の漏らしている男汁よりもさらに粘り気があるので、自分でもわかる。雅彦の亀頭をもっとねばねばにしてあげたい。

「あぁあっ……もっと捏ねてっ」

まん処《しょ》をくにゃくにゃと収縮させて、ねだった。亀頭だけはしっかり膣内に咥《くわ》えこんだまま、

「は、はいっ。捏ねるようにして突くんですねっ」

ずちゅっ。

「ぁあっ」

雅彦が腰を大きく回転させながら、肉茎を押し上げてきた。

「はうぅう」

膣層に溜《た》まっていた粘汁が、圧縮されて、飛び出した。

陽子は背中を伸び切らされた。

「陽子さん、どんどんねばねばになっていく」

雅彦が腰を大きく回しながら、肉茎を押し込んできた。亀頭をくいっ、くいっと左右に半回転させながら、さらに、奥へと侵入させてくる。

「ぁああっ、ねばねばになるの、飯島君のせいだから……」

陽子も応えるように、膣壁を狭めた。またまた膣内の粘汁が圧縮されて、肉縁から飛び散った。しゅぱんっ。葛湯《くずゆ》みたいになった粘汁が雅彦の陰毛をねちょねちょ

に汚してしまった。

「ごめん、そのとろ蜜、私の毛にくっつけてくれる」

なんだか、申し訳なくて、そう言ってしまった。

「ええっ？」

雅彦も呆《あき》れたような顔になっている。

「飯島君の汚れたちん毛、私のまん毛で拭いて……」

歳上の嗜《たしな》みとして、そうするべきだと思った。

「じゃ、とりあえず、そうさせていただきます」

雅彦が、自分の毛を陽子の毛に押し付けようと、さらに土手をくっつけてきた。

「ふわぁ～」

土手をくっつけようとすれば、当然亀頭もさらに深まってくる。

膣どん。それも最奥を、どんっ。亀頭がとうとう腫れあがった子宮を叩いた。

「陽子さん。毛と毛をくっつけたら、ねちゃっとしたっ」

「それどころじゃないっ。私、またイクっ」

陽子は腰を突き上げた。まん毛とちん毛がもつれ合うほどに、土手を押し付けて、歓喜に震えた。

「じゃぁ、僕も、いまは、まだ半漏れなので、総出ししちゃっていいですか？」

「も、もちろんよ。会社に行く前にすっきりしちゃってっ」

「おぉぉっす」

雅彦が大きく腰を振り立ててきた。抜き差しが開始される。

朝っぱらから、ねっちょ、ねちょ抽送《ちゅうそう》。

「んんんんっ、いぃっ」

ぬぱーん。ぬんちゃ、ぬんちゃ。ぬぱーん。

「あぁあ」

「陽子さんのまん汁、水飴《みずあめ》みたいです。捏ねくり回せば回すほど、粘り気が強くなる」

雅彦が肉の繫《つな》がった一点を見つめて、額の汗を拭《ぬぐ》っている。

穴からはみ出た男の肉胴が、いつもならキラキラと輝いて見えるのだけれど、いまは白く濁って見えた。それだけ自分が発情しているということだった。

「そんなことは、どうでもいいから、一気に突いてっ。会社、遅れちゃうよ」

「そうっすねっ」

ぬちゃ〜ん。ぬちゃ〜ん。ぬぽっ、ぬぽっ。

汗みずくになりながら、雅彦が腰を振ってくれた。

「出ますっ」

腰を沈めたまま、天井を向いた雅彦が、宣言した。肉杭がぴたりと制止した。

「思い切り、出してっ」

亀頭は膣内の浅瀬にいた。はち切れんばかりに硬直した亀頭が、陽子の穴のちょうど垂れ下がった扁桃腺《へんとうせん》のような場所にいた。

（そこで、いまびゅんと噴かれたら、ちょっとやばいかも知れないっ）

咄嗟《とっさ》にそんな想いがよぎったが、遅かった。

「おぉおおおぅ」

膣の中で雅彦の陰茎が一度ビクンと震えてびゅんっ、と精汁を飛ばしてきた。シャンパンの栓を抜いた時のような感じだった。

跳ねあがった亀頭でGスポットをしたたかに叩かれた。揚げ句の果てに、そこに精汁の塊を吐かれたのだ。

まん処の中が、おかしくなった。奥から、粘汁ではなく、さらさらとした白液がこみ上げてきた。

「いや～ん。こっちも漏らしちゃうっ」

「はぁ？」

雅彦が素っ頓狂《すっとんきょう》な声をあげている。

「飯島君が、Ｇスポのところで、暴発させちゃうから、いけないのよっ」

「ええええ〜、ってことは、潮っ」

「そうっ」

「僕まだ出ています。止められませんっ」

「やっだぁ〜。男子液と女子液が、私の穴の中でぶつかっちゃう」

「ぶつかっちゃいます」

「あぁあぁ〜」

奥からこみ上げてくる白蜜軍と、上から降りかかってくる精汁軍が、穴の浅瀬で激突した。

「ぎゃふんっ」

満中《まんちゅう》に汁が溢れた。

「いくぅううっ」

モーニングにしては、濃すぎるエッチになってしまった。

（終わったら、三十分は寝たい……）

陽子は遅刻を覚悟して、腰を振り続けた。

3

昼休み。陽子は会社のすぐそばにあるイタリアンレストランにランチに出掛けた。

経理部には、若手の女子もいるのだが、毎日顔を見合わせて電卓を叩きあっているので、一緒に昼まで過ごすのは鬱陶《うっとう》しい。

相手も同じだろう。

なのでランチはほとんど男性社員と出ることにしていた。

ところが管理部の男性社員たちは、今日は全員、愛妻弁当を持ってきていて、十二時になると同時に、みんな楽しそうに、包みを拡《ひろ》げ始めてしまった。

時々こんな日にぶつかる。

（まったく、所帯持ちの男はつまらない）

といっても、今日は営業部の飯島雅彦と朝から濃厚なセックスをしてきたので身も心も軽い。

陽子が狙いたい男が営業部にもうひとりいた。小栗裕平。ドラ息子だが、育ちがいいのは、なによりだ。本当は飯島よりもこの男と先に寝たかった。

夜は少々値段の張るレストラン『ゴッド・ファーザー』は、ランチだけは破格の値段で提供している。おかげで毎昼、列をなしているのだが、南銀座麦酒の社員は、厨房《ちゅうぼう》への出入り口から入ることが出来た。

要するに、ビールを安値で卸しているので、そのぶん融通が利くのだ。見栄張り社長の田中が、接待用に上手《うま》く使うためだが、社員の方もその恩恵にあずかっていた。

「ヨウコサン、今日は、顔色、イイネッ。一発ヤッタか?」

雑誌の『レオン』の表紙に出ている人に似た面構えのイタリア人シェフ、ラモーニに軽くお尻を撫でられた。

ラモーニにとっては、挨拶程度のことなので、いちいち目くじらを立ててはいけない。

「タッチしたぶん、ティラミスつけてね」

「OKよ。ヨウコサン」

厨房を横切って、客席に出た。

見渡す限り、満席だ。

「会社の方と相席ならいいですよね」

スペイン人バリスタのフェルナンデスが、ひとつだけ空いている席を指さしてくれた。

フェルナンデス、いちおう、イタリア人ということになっている。その方が、バリスタとして「らしく見える」からだそうだ。

味以外は胡散臭《うさんくさ》い店なのだ。

そんなことはどうでもいいのだが、フェルナンデスが指さした席、営業部の飯島雅彦と小栗裕平が向かい合わせに座っている。さらに雅彦の横に、宣伝部の若手、星野澄子。

陽子用に空いている席は小栗裕平の真横だった。

ナイスなタイミングといえば、そうなのだが、ちょっと出来すぎ。言いようによっては、かなりやりにくい。

なにせ、四時間前には合体していた相手が、斜め向かいに座っているということになる。

(小栗裕平と星野澄子に悟られないようにしなきゃ)

あれから時間差で、ラブホを飛び出していた。事務系の陽子としては、遅刻はありえないので、化粧もせずにダッシュで、やって来ていた。

雅彦の方は、得意先を回るという口実で、十時半出社になっていたはずだ。

経理部に着くなり、おっさん社員たちから、

「飯島をくったか？」

「何発やった？」

の嵐に見舞われたが、

「三発やりましたぁ、うっそぉー」

とけむに巻いていた。

実は嘘《うそ》ではない。

廊下で一発。部屋に入って本格的に一発。それに朝、もう一発したので、本当に三発なのだが、聞いていたおっさん全員が、肩をすくめるだけだった。

（振っておいて、乗ってこないって、ずるくな～い？）

と思ったが、ことを露見させても得なことは何ひとつないので、そのままジョークということで、やり過ごした。

しょせんは小さな会社だ。噂《うわさ》はすぐに広まる。

本当にやってしまったからには、慎重に振る舞わなければならない。

にもかかわらず、すぐにまた会ってしまうとは……。

（まいったっ）

彼らの席に向かいながら、どう振る舞うべきかを考えた。

すぐに、雅彦が気づいて、焦った顔になっている。ボンゴレパスタを持ったフォークが微《かす》かに震えていた。

（焦っているのは、私も同じなのよぉ）

そんな顔をして、小栗裕平の真横の席近くに立った。

「ごめん、相席にされちゃって」

「とんでもありません。どうぞっ」

目の前で、イタリアンパニーニを頬ばっていた星野澄子が、腰を浮かせて席を勧めてくれた。

ここは小栗を口説くのが、一番上手いごまかし方のような気がした。

小栗はカツレツを食べていた。ランチメニューではない、アラカルトでのオーダーのようだった。

「さすが、食事にうるさい小栗君だねっ。ミラノ風カツレツ、いいなぁ」

わざと肩をぶつけて、気を引いてみた。

「あぁ、陽子さんも、どうぞっ。もう一枚取ってあるんで、みんなで食べましょう
ってなっているんです。あぁ、僕の奢《おご》りですから」

小栗はいかにも、素封家《そほうか》の息子らしく、振る舞うのが当たり前という感じで言っ
ていた。嫌味でもない。すくなくとも陽子にはそう受け取れた。

「ご馳走《ちそう》になれるなんて、光栄だわっ」

「でしょうっ。なのに飯島は、いらないって言うんですよ。おかしくありません
か？」

小栗がカツレツを口の隅に咥えたまま、目尻で、飯島を睨《にら》みつけていた。

陽子は聞いた。

「飯島君、人の好意を無にするタイプだったっけ？」

「武田さんや、ここに居る澄ちゃんとかには、聞かれたくない問題があるんです」

「飯島君、カツレツアレルギーとか？」

「そういうことではなく。僕と小栗の人間関係の問題です」

雅彦がムキになっていた。営業マン同士の葛藤だろうか？

ここにもう一枚カツレツが届いた。こんがり焼けて、香ばしい匂いがする。

「ごちゃごちゃ、言ってないで、いただきなさいよ」

陽子はカツレツの端を切って、強引に飯島の皿に載せた。

「もう……。小栗、昨夜の話はまた、あとでなっ」

雅彦が、しかたなさそうに肉を齧《かじ》りながら、小栗に言っていた。

「わかったよ。そう目くじらたてるなってっ」

会話から、小栗のほうが雅彦に対して、なんらかの落ち度があったような印象だが、陽子としては、どうでもよかった。

昨日寝た相手よりも、今日寝ることが出来るかもしれない小栗に、俄然《がぜん》興味があった。

「小栗君、じゃぁ、私もいただくね」

言いながら、フォークを持った右手をカツレツに伸ばし、テーブルの下で、そっと左手を小栗の太腿に這わせた。

(この男を釣れるか、勝負に出てみたい)

昨夜、雅彦をゲット出来た勢いをかって、狙っていた御曹司を射止めたい。

(どう出る？　小栗君……)

小栗は意外にも、股を堂々と拡げてきた。しかも、もう微かに肉根がぴくぴくしている。

（なんなの？　この図太さっ）

触ってくれと、いわんばかりにガバリと開いた。

「美味《お》しい《い》わぁ。カツレツ……」

肉を口に運びながら、陽子は左手をじわじわ、小栗の股間の中心に寄せた。人差し指を、尺取虫のように少しずつ這わせる。

小栗の鼠蹊部《そけいぶ》がビクンと震えた。

男子の大事なポイントまで、あと一センチ。陽子はそこで指を止めた。

濃紺のズボンが、すっと伸びあがる気配がする。

（テント、張った？）

屈《かが》みこんでテーブルの下を覗きこみたい気分になる。

自分が刺激して、勃起した男子のち×この様子。この目で見てみたい。

（しかし、理由がない）

とりあえず、一気に亀頭の尖端を、ちょんっ、としてみることにした。

陽子は狙いを定めた。鼠蹊部に這わせた指先に感じる熱気をたよりに、小栗の亀頭の位置を推し量る。

垂直に伸びて来ていれば、ファスナーのてっぺんぐらいにあるはずで、向こう側に倒れていれば、十五センチほど先に亀頭はある。

（さてどっちだ？）

ここが女の直感の働かせどころだ。

陽子は、垂直と踏んだ。指を一気にジャンプさせる。

（えっ？）

自分の太腿にぬっと手が伸びてきた。ロイヤルブルーのノースリーブワンピースの裾が捲《めく》られて、小栗の手が潜り込んできている。

この男の指先には迷いがなかった。じわじわと太腿の内側で遊ぶようなことはなく、ダイレクトにパンティ。クロッチの中心を押してきた。

（ぁあっ）

亀頭の位置を当てるなどという、悠長なことを考えている場合ではなくなった。

両脚をピタリと閉じて、微かに上擦《うわず》った声をあげた。伸びかけていた指は、引っ込めた。それどころではない。小栗の手首を握ったが、容赦なく、クロッチを擦りたてられた。

（ぁあっ、場所柄もわきまえず、私、いっちゃいそう）

店内には古いイタリアンポップスが流れていた。

ジリオラ・チンクェッティという歌手の『雨』という曲。イタリア好きの陽子は、よく知っている曲だった。

切羽詰まったような小刻みなリズムが、なぜか今は穴に響く。

4

「武田さん、聞いてくださいよ」

目の前に座っている星野澄子が、カツレツに目もくれず、アイスミントティーをストローで啜《すす》りながら、いきなり言ってきた。

（私、今それどころじゃない……）

小栗裕平の太い人差し指が、ぬっ、とクロッチの中に潜り込んできているのだ。

もう、べちょ、べちょの肉裂に、いきなり入りこまれたのだから、敵《かな》わない。

まん処は、うずいて、目の前の食事も、人の話も聞こえない状態になっていた。

そんなところで、澄子が、突然話しかけてきたのだ。

「な、なによ、あらたまって。んんん、わぁ」

答えるのがやっとだった。小栗の人差し指が、閉じていたはずの小陰唇を、ハート形に引き伸ばしているのだ。

蜜液もにゅるにゅる、と伸ばされている。陽子も鼠蹊部を震わせていた。

左右の太腿の最奥をぴくぴくさせながら、ランチをするのは、初めてだ。

(超、気持ち、いいっ)

耳朶《じだ》まで、真っ赤になっているのがわかった。

「部長が、私に、ビキニになれって、言うんです」

澄子が眉根《まゆね》を吊り上げて、言っている。

「そりゃ、セクハラだわ。社長に、言いつけてあげようか」

股をもじもじさせながら、必死に平静を装って、答えた。

小栗は人差し指を車のワイパーみたいに、規則正しく左右に振って、小陰唇を伸ばし続けている。じゅるんじゅるんと、いやらしい音が聞こえてくるみたいで、とても恥ずかしい。

陽子は、久しぶりに羞恥《しゅうち》という感情に立たされていた。

(落ちる……このままでは、まん汁が、床に落ちる……)

澄子の話を聞く余裕など、まるでない。

「うちの会社、今年の夏、とうとう湘南にアンテナショップを出店するんですってっ。武田さんっ、知ってましたぁ？」

澄子は、そうでなくても大きい瞳をさらに見開いている。

「知るわけないでしょ。私は経理だよ……ぁあっ」

ここまで答えたところで、小栗にクリトリスを、ちょん、された。

（ここで、クリちょんは、ないっ）

陽子は涙目になって、小栗の横顔を睨みつけた。

小栗は、平然と片手だけを使って、カツレツを口に運んでいた。

「湘南、しかも由比ヶ浜《ゆいがはま》にアンテナショップなんて、たしかに大手のすることだわね。うちみたいなインディーズが、割り込んでも、……ぬわっ」

〈割り込んで〉という言葉を口にしたとたんに、小栗の指先が、膣層に、にゅわっ、と入り込んでいた。

（これこそまさに、割り込み……）

陽子は完全に両脚を開き切らされた。

「でしょう。でも、アイディア自体はいいと思うんです。テレビや新聞に広告なんてできないうちが、海の家を開いて、湘南にやって来た人たちに『銀座一番』の味を知ってもらうっていうの、アリです。むしろナショナルブランドよりも、気を引く気がするんです。でも、だったら、ちゃんとしたビーチガールを雇うべきじゃないですかっ」

「あぁ、そうね……、うんっ、はぁ、あっ」

陽子は下半身を何度もくねらせた。

昔ながらのイタリアンレストランをイメージさせる赤と白のチェック模様のクロスに覆われたテーブルの下、陽子は股を拡げて、男の指を、ガッツリ埋め込まれていた。

スカートは、見事なほどに、捲れ上がっている。

(あああ、もうだめだ。答えられない)

陽子は、澄子に答える代わりに、小栗の男根を、ぎゅっと握りしめた。

代わりに答えて欲しいという意味と、もうやめてというふたつの意味を込めて、握ったつもりだが、小栗はさらに度胸が据わっていた。

もぞもぞとファスナーを開けて、テーブルの下で肉塊《にくかい》を露《あら》わにしていた。

真っ昼間。銀座のどまん中。

股を拡げて、穴に指を入れられているだけでも、かなりおかしいのに、そのうえ、生ち×こまで握らされてしまった。

（スケベも、上には上がいるっ）

陽子はあきらかに、自分が歳下の腕白社員に、翻弄《ほんろう》され始めたことを感じていた。

「星野さん、なんで、ビキニになるの嫌なの？」

小栗はあっけらかんと言っている。言いながら、肉層の中で、指を鉤形《かぎがた》に曲げて、クリン、クリンと膣壁を抉《えぐ》ってきた。

（いやん、気持ち良すぎるっ。はぁ〜ん）

なんとか呻《うめ》き声だけは上げずに堪えた。

小栗が澄子と会話を始めた。

「うちとしては、プロのビキニガールを雇うほどの、経費は掛けられないんだろうさ。宣伝部が軸になってやることだから、星野さんは、むしろすすんで、水着になるべきだと思うな。これはセクハラでもなんでもなくて、むしろ社員として当然すべきだと思う」

意外にも小栗はきっぱりと言っている。

セクハラじゃないと言いながら、澄子が瞬《まばた》きをするたびに、小栗は硬度を上げていた。

（これは、立派なセクハラじゃんっ）

ちょっと癪《しゃく》に障《さわ》る。触らせといて、別な女の顔を見て、棹をビクビクさせている。

しかも、その小栗は、陽子の膣層の中で指を縦横無尽に動かし始めている。

（なんて、人なの……あっ、あっ、あんっ）

陽子は小刻みに肩を震わせた。声を押し殺すほどに、快美感が強まってくる。

（だけど、この人、私の穴に指を突っ込んでおいて、星野澄子に入れている気になっているんじゃないかしら？）

ふと、そんな気にさせられる。

というのは、小栗が舐めるような視線で、澄子を見つめているからだ。

澄子のよく発達した乳房や、見える範囲の腰つきなどに、ねっとりとした眼差《まなざ》しを送っている。

見ながら、陽子の満穴をネチャクチャと捏ねるのだ。

（あの……私の穴に集中してて）

陽子はムキになって、小栗の男根を扱きまくった。

ちょっと感情的になってきた。

頭のどこかで、この様子がバレてもいいやという、気持ちにもなってきている。

しゅっ、しゅっ、しゅっ。擦り続けた。

「澄ちゃんの、ビキニ、俺見たいなぁ」

なんと、小栗がそんなことを言った。

（絶対に、澄子で抜こうとしているっ）

陽子は頬を膨らませた。

こちらの様子にまったく気付いていない風の雅彦が、手を上げてカプチーノをオーダーしている。

BGMはボビー・ソロの『ほほにかかる涙』に変わった。通好みの選曲だった。

六〇年代のイタリアンポップスは、いま聴いても新鮮だ。

陽子は、この軽快なリズムに合わせて、小栗の男根を扱いた。

しゅっ、しゅっ、しゅっ。

ぬぽっ、ぬぽっ、と穴もほじられている。

手ちん。手まん。

「うっ……す……」

五秒ほどで、小栗が呻いた。澄ちゃんと言いそうになって、言葉を呑《の》み込んでいるのがわかった。

代わりに、ちょっぴり、精汁を出している。

（頭、きたっ）

濡れた指先は滑りがよくなった。扱く速度を三倍にしてやった。この場で射精させてやらなければ、気が済まなくなってきた。

「私、ビキニになって、ウエイトレス役やるなんて、絶対に嫌なんですよっ」

こんな時に星野澄子が、ばんっ、とテーブルを叩いた。

目の前のアイスミントティーのプラスチックカップが倒れ、テーブルの下に落下していく。カランコロン。

見ていた陽子の手もビクンと揺れた。男根を握っていた手筒の握りに思わぬ力が入った。

「わっ」

「わっ」

澄子と小栗が同時に叫んだ。

「いいよ、俺が拾うから」

飯島雅彦という男は、本当に間が悪い男だ。テーブルの下に屈みこんで、澄子の落としたカップを拾い上げようとしている。

（テーブルの下を覗くなっ）

陽子は胸底で叫んだが、どうにもならなかった。

「えぇぇぇえっ」

カップに手を伸ばし、テーブルの下を覗いた雅彦が、素っ頓狂な声をあげた。

（そりゃ、驚いたろう。ま×こに指を挿入された女が、男根を扱いているんだもんねっ）

さらに間が悪かった。

びゅんっ。小栗の肉杭から大量の精汁がしぶいていた。

「わぁあああ」

雅彦の頬にかかったみたいだった。

陽子は、急いで澄子に伝えた。

「フェルナンデスさんに言って、おしぼり借りて来てっ」

とにかく澄子だけは、遠ざけなければならなかった。

「はいっ。私、こんなところで昂奮《こうふん》しちゃってすみませんっ」

澄子が急いで席を立っていく。

「小栗君、いまのうちに穴を掻き回してクリを捏ねてっ」

とにかく、一回極点を迎えなければ、どうにも気持ちが収まらない。

雅彦が顔をあげた。べっちょり。

店内に流れるボビー・ソロの『ほほにかかる涙』が、最後のサビに差し掛かっていた。

第三章　胸さわぎの午後

1

凄《すご》い光景を目撃してしまった。

そして、とんでもない液を被《かぶ》ってしまった。

悪夢が続くときは、とことん続くものだと、飯島雅彦はテーブルの下から、顔をあげた。

昨夜は、恋人の北山麻里子との性交現場に出くわし、傷心のままに飲み屋に入り、経理部の先輩女子社員武田陽子と行きずりのセックスをしてしまった。おかげでほんのわずかだが、溜飲《りゅういん》を下げる思いだったのに、こんどはその陽子と小栗が、相互に局部を弄《いじ》りまくっている状態を、偶然見てしまったのだ。

（昨夜より最低かも）

陽子とは、恋人でも何でもない。だから怒りようもないと言えば、ないのだ。

『朝食は飯島君、昼食は小栗君なの』

と言われてしまったら、返す言葉はない。

むしろ、他人の秘めた楽しみを、勝手に覗《のぞ》いてしまったことになる。

雅彦は、なぜか、

「すみませんっ」

と言って顔をあげた。

澄子が席を立って、おしぼりを取りに行ってくれているのだけは幸いだった。陽子の機転にむしろ、礼を言うべきかもしれない。

その陽子が、テーブルの上にあったナプキンを数枚、寄越した。

急いで顔を拭く。

陽子はトロンとした瞳で、こちらを見つめていた。雅彦が顔を拭いている間中、ずっと荒い息を立てていた。

いまも小栗の指が、陽子のピンク色の膣穴の中で、グルングルンと回転しているかと思うと、猛烈な淫気に襲われた。

陽子とセックスした時よりも、むしろいまのほうが昂奮《こうふん》している。

(あんなにクリトリスを尖《とが》らせて、陽子さん、かなり昂奮していたんだ)

パールピンクだった肉芽が真っ赤に充血している光景を思い浮かべ、雅彦は、またまた勃起した。

そこに澄子が帰って来た。

「飯島先輩。すみませんでした。私が、つい、感情的になったばっかりに。大丈夫ですか?」

と新しいおしぼりを手渡してくれた。

「いや、僕は澄ちゃんの気持ち、わかる。社員が、ビキニでウエイトレスって、ちょっとやり過ぎだと思う」

「そのお言葉、ありがとうございます。そう言ってくれて、嬉《うれ》しいです」

澄子が額の汗を拭《ぬぐ》いながら、言っていた。

汗を拭う仕草が、精子を拭う様子に見えて、雅彦はドギマギした。錯覚とは恐ろしい。

BGMが途切れたところで、小栗がファスナーを上げる音がした。陽子もスカートを下ろしているらしい。サワサワと衣擦《きぬず》れの音がする。

どちらも淫靡《いんび》な音だった。

さっき見たふたりの陰部が強烈な映像となって、網膜に甦《よみがえ》ってきた。


みんなで社に戻った。

狭いエレベーターの中で、小栗も陽子も口をつぐんでいた。

ズボンの股間の盛り上がりが、気になってしょうがない雅彦は、さりげなく陽子の後ろに隠れて、澄子の視線から勃起を遮った。

五階で、先に陽子が降りた。雅彦の前から陽子が去った。前は澄子になった。

しかも澄子は大先輩である陽子に気を使い、腰を曲げて深くお辞儀をした。

「先輩、先ほどはお騒がせしてすみませんでした」

澄子の臀部《でんぶ》が後ろに突きだされた。

背後に立っているのは、雅彦だ。

(うわっ)

股間の勃起が、澄子の尻山に当たった。いや、正確には、当てられた、のだ。

(澄ちゃん、これは事故だっ)

通じるはずがない。

「きゃぁあああ。飯島先輩っ、なんですか、この硬《かた》いのっ。だから、私に発情しないでくださいっ」

当然だが、澄子が絶叫した。

「いやいやいや……これは、小栗とその陽子さんが原因で……」

雅彦は事の次第を、ぶちまけようとした。それ以外に無実を証明する手立てが見つからなさそうだったからだ。

その瞬間、振り向いた武田陽子に、思い切り平手打ちを食らった。

「飯島君っ。いみじくも会社のエレベーターで、そんな行為をするなんて、許されないわっ。私、社長に言うからっ」

「ええええ〜」

気持ちが動転して、この場で倒れ込みそうになった。

「あ、武田先輩、そこまでは……私の勘違いかも……」

澄子がしどろもどろになって、とりなしてくれている。

ありがたいのだが、なんか話の展開が違わないか？

「星野さんが、そう言うなら……。別に私が被害者じゃないしね……」

陽子もあっさり鉾先《ほこさき》を収めている。

（ずるい。ずるすぎるぞ、経理のお局《つぼね》っ）

エレベーターの扉が閉まった。

理不尽な問題を抱えたまま、雅彦は六階で降りた。

澄子は、こちらを振り向くこともなく、すたすたと宣伝部の席へと向かって行く。

小栗に肩を叩《たた》かれた。同僚に憐《あわ》れみを感じたような、叩き方だった。

「おまえなぁ、昨日から、いったいなんなんだよっ」

くってかかった。殴ってしまいそうだった。

そこに営業部長から声がかかった。

「飯島ぁ、小栗ぃ。おまえら、湘南プロジェクトに入ってくれ。七月と八月は通常営業はいいや。二か月間、由比ヶ浜のアンテナショップ勤務だっ。指示は宣伝部から受けてくれっ。販促要員だ」

「えぇえぇ？」

小栗とふたり、部長の方を向いた。

「おまえら、お客の女子になんか手を出すんじゃないぞっ」

部長は咥《くわ》え煙草《たばこ》で、小指を掲げて言っている。下品な仕草だ。

後方の宣伝部のほうで、澄子が叫んでいる声がした。

「飯島先輩の前で、私、ビキニになるのは、絶対NGですからっ」

澄子が自分の部署の部長に向かって、泣きそうな顔になっている。

(まるで、俺、変質者扱い)

営業部長と宣伝部長が、顔を見合わせた。営業部長は肩をすくめている。

「他に出せる人間はいない」

と営業部長がポツリ。

宣伝部長が頷《うなず》く。

このふたり、次代の南銀座麦酒を支える盟友同士だった。

「星野ちゃん、これ業務命令だから。営業部の、誰それだったら、いやだとかは、私も聞いていられない。彼らも、海パン一枚になって、ビールを運んでもらうわけだから、みんな条件はおなじということになる。いいなっ」

上司らしい、理路整然とした諭《さと》し方だった。

そんな場面なのに、小栗がまた素《す》っ頓狂《とんきょう》な声をあげた。

「ええええ〜。俺も海パンすかぁ？　めっちゃハズいじゃないですかっ」

勃起しているわけでもないのに、股間を押さえている。

雅彦は小栗の頭を思い切り叩いた。この機に、憂さを晴らすしかないとばかりに、思い切り、叩いてやった。

「おいっ、おまえら、とっとと得意先を回ってこい」

営業部長に怒鳴られた。宣伝部長の手前もあるから、当然だ。

雅彦は、すぐに出かけることにした。

そうでなくても、早くここから出て、したいことがあった。

（オナニー）

営業鞄《かばん》をかかえて、廊下に飛び出し、トイレに向かった。

（ひとまず、扱《しご》いて、さっぱりしたいっ）

陽子と小栗のまさぐり合いが目に焼き付いて離れない。

一メートルと離れていない距離で、男女が陰部を触り合っている場面をばっちり見てしまったのだから、これは一回抜き出してしまわないことには、気持ちの収まりようがない。

廊下の奥のトイレに駆け込んだ。

男子トイレの個室。ズボンとボクサータイプのトランクスを一緒に下げると、肉《に》棹《ざお》が、倒れるように、飛び出して来た。

熱を帯びていた。

右手を当てて扱く。

悠長にイメージを喚起している暇はない。ゴシゴシと擦って、ジュッと出してしまいたい。

「ふはっ。うぅぅ」

実際あっけなく、出た。手筒を十往復ぐらいしたら、すぐに射精してしまった。

「ふぅ～、さっぱりしたぁ」

淫毒《いんどく》が抜けた感じがして、正気を取り戻すことが出来た。これで、晴れた頭で、営業活動が出来るというものだ。

エレベーターに向かうことにした。

途中、給湯室の前を通る。たまにカップ麺のお湯を注ぎに入るだけの部屋。ある意味給湯室は女子の砦《とりで》のような室だった。

珍しく扉が閉まっていた。ほんの少しだけ隙間が空いていた。

そのまま通り過ぎるところだったのだが、一瞬だけ人影が目に入ってしまった。

星野澄子の横顔が見えた。目の下を赤く染めて、唇を舐《な》めている横顔だった。

（何してんの？）

先ほどの誤解も解きたかったので、声をかけようと思った。この際だから、澄子には、経理部の武田陽子と営業部の小栗裕平が、レストランでいったい何をしていたのかを、暴露するべきだと決心した。

（澄ちゃんっ）

声を発しようとして、雅彦はあわてて言葉を飲んだ。声が止まって本当に良かった。

「んんんっ。気持ちいいっ」

白地にブルーの縦縞のカットソーにネイビーブルーのロングスカートを穿《は》いた澄子が給湯室のシンクの角に股間を押し当てていた。押し当てた股間を、くいくいと、縦や横に動かしている。

（うわぁ、なんてことをっ）

つい一分前、自分もトイレで擦って来たのだが、まさか星野澄子が、自分と同じことをしているなど、信じられなかった。

心臓が張り裂けそうになった。

（また、勃起しちゃう）

立ち去らねば、気が付かれる可能性もあることはわかっていたが、雅彦はその場から、動くに動けずにいた。金縛りにあったような気分だ。

澄子の姿は、ほぼ真横に見えた。身体《からだ》を横に倒して股間に体重を乗せている。よくよく見なければ、彼女がオナニーをしているのだとは、気づかない。しかし、澄子が、腰をガクガクと震わせ、割れ目を摩擦していることは、紛れもない現実だった。

（エロい、エロ過ぎる……）

片足を時々浮かせているのは、淫核を押し潰《つぶ》そうとしている仕草に違いない。

雅彦はゴクリと唾を飲んだ。

給湯室の中から、牝《めす》の濃厚な発情臭のようなものが、むんむんと伝わってきた。ＡＶなどで見る、過激に指を動かす女性の自慰なんぞより、はるかに生々しさが伝わってくる。

雅彦は股間を押さえた。

視線を下ろして、網膜の中に澄子の股間をズームアップさせた。太腿《ふともも》の付け根の部分が三角形に窪《くぼ》んで、皺《しわ》くちゃになっている。ステンレスの角がその中心に突き刺さっているのだ。

澄子は割れ目の縦筋にそって、上下に腰を上げ下げしていたかと思うと、時おり、上縁のあたりでピタリと動きを止める。

淫核をきつく押し付けて、深い味わいを得ようとしているのだろう。

くいっ、くいっ、割れ目を擦って、ぷちゅっ、クリを潰す。そのリズムを繰り返していた。

視線をふたたび澄子の横顔に戻すと、額に汗が滲《にじ》んでいた。刻一刻と極点に向かって、割れ目擦りをしている、真剣な表情だった。

「んんんんっ、あはっ。みんなエッチなんだから……」

上擦《うわず》った声を上げた。

雅彦は、ドキリとなった。

(きっと澄ちゃんも、小栗と陽子がまさぐり合っているの気づいていたんだ)

それで自分と同じように淫気を催して、給湯室で『角まん』しているのだ。

そう想像を巡らせると、嬉しくなった。

(星野澄子も発情するんだ)

「もう、だめっ。もっとギュッと押したいっ」

澄子が突如、股間を角から離した。

雅彦は慌てて後退した。扉の陰に身を隠す。

中で衣擦れの音がした。風に乗ってほんのりと甘い香水の匂いが、舞ってきた。

おそるおそる、また覗いた。扉に身体の大半を隠したまま、隙間に顔を半分だけ這《は》わせて覗いた。

（あっちゃ〜）

澄子がネイビーブルーのスカートの左右の裾をつまんで、腰の上までたくし上げていた。

ベージュのパンティが現われた。パンティがぴっちり張り付いた尻山の形がはっきり見てとれた。

むっちりした尻山だった。

（給湯室で、パンティ出して、どうする気だよ？）

雅彦は訝《いぶか》しく思ったが、澄子はすぐに次の行動に出た。

胸のあたりでスカートの裾を持ったまま、ベージュのパンティを角に押し付けたのだ。

より直接割れ目を虐《いじ》めたかったらしい。

（なんてことだ。発情した女子って、そこまでしちゃうの？）

澄子のパンティはハイレグとか、そんな大胆な切り口のものではなかったが、それでもクロッチをステンレスの角に、ぎゅっ、と押し付けていたので、生地が窄《すぼ》まって、両サイドから繊毛《せんもう》がはみ出した。

真っ黒な陰毛だった。

雅彦の心臓は張り裂けそうなほど高鳴った。

さっき射精したばかりだというのに、ズボンのファスナーがはち切れそうなほど、盛り上がってしまっている。

「んんっ、いやんっ、そんなに捏《こ》ねないでっ。ううんっ」

肉溝を摩擦し、淫芽を潰しながら、澄子は譫言《うわごと》を言いつづけた。自慰に没頭してしまっている感じだ。

雅彦はバキバキに硬直している陰茎を握りながら、その様子を凝視し続けた。自分の方も息が荒くなってしまう。

少しして澄子の〈角まん〉に変化が現われた。縦擦りがなくなり、身体を斜めに浮かせ始めている。

角に乗せたクリトリスを支点に、全体重を掛けようとしているみたいだった。

（すっげぇ、オナニーっ）

「あっ、あっ、いいいっ」

澄子は両足の靴底を、完全に床から離していた。おま×こだけを支えにして浮いている。雅彦は呆気《あっけ》にとられた。

(その体勢って、クリ、潰れちゃうっしょっ)

叫びたい気持ちを必死に抑えた。

(おわっ、たまらないいっ)

見ていて、あまりの衝撃に、トランクスの中で、ジュッと噴き上げてしまった。

(トランクスの中がねちょっとする……)

思わず内股になって、身を縮めた。男として情けなさすぎる。

「いやんっ、んはっ、いっちゃう」

澄子がステンレス角の上に〈まん置き〉したまま、尻を振っていた。両手を左右に拡《ひろ》げている。きつく結ばれた唇が歪《ゆが》んでいる。ぷるぷると震えだした。

雅彦は、澄子が極点に向かったことを知った。

(その瞬間だけ見て、立ち去ろう)

そう思った……まさにその瞬間だった。

「いくっ」

澄子が突然、短く叫んで、ばんっ、と扉を内側から叩いた。ぐらりと扉が揺れた。

(あぁぁぁあああああ)

雅彦は弾《はじ》き飛ばされた。どすんっ、と床に尻もちをつく。

開かれた入り口の先で、スカートをたくし上げて、ま×こをシンクの角に乗せたままの澄子が、こちらを向いていた。

「いくぅうう、いやぁあああ、何見ているんですかぁあああ」

雅彦は顔の前で手を横に振ったが、ズボンの股間がぐっしょり濡《ぬ》れているのを、隠しようがなかった。

2

あれから十日が経《た》った。

雅彦は国道一三四号線を、社のワゴン車で走っていた。

鎌倉《かまくら》も若宮大路《わかみやおおじ》から滑川《なめりがわ》の交差点を左折して葉山に向かっていた。

材木座《ざいもくざ》海岸と由比ヶ浜海岸の双方に跨《また》がるように建てられた、南銀座麦酒のアンテナショップの建物が、チラリと見えた。

本日完成したばかりの白い建物だった。

全面ガラス張りの、まるで温室のような、ビア・カフェだった。

しかも天井に、いまどき珍しい、アドバルーンが飾られている。いまはまだ曇っている湘南の空に、南銀座麦酒の赤いアドバルーンがゆらゆらとたなびいていた。

白抜きで、キャッチフレーズが書かれている。読むに堪えない、フレーズだった。

《ギンギンハウスで、ビンビンになっちまおうぜ!! 南銀座麦酒》

顔を背けたくなった。

いま、あのアドバルーンの下に宣伝部と営業部の合同プロジェクトの人間たちが集まっているはずだった。

(外から、丸見えの店で、さぞかし、恥ずかしい想いでいることだろう)

雅彦は銀座から車を飛ばしてきたのだが、あえてショップには、立ち寄らなかった。

雅彦に与えられたミッションは、別なものだった。

『ショップのビキニウエイトレスに経費が掛かるモデルは使えない。しかし、宣伝部の星野澄子ひとりに任せるわけにもいくまい。飯島っ。おまえ、湘南の現地で、パートとして頑張ってくれる子を、とにかく十人ばかしキープしてこい』

宣伝部長から、是も非もなく、命令されていた。

というわけで、ビキニウエイトレスの調達に、大学時代の友人に紹介されたサーフショップに向かうところだった。

ショップの運営方法や、押し物の商品は他のメンバーが決めている。

雅彦の役目は、ひたすらビキニで、ビールを運んでくれる若い女子を調達することだけだった。

星野澄子は、いまだにビキニになることを拒み続けていた。

それどころか、あの日以来、彼女はまったく口をきいてくれなくなってしまっていた。

彼女のオナニーを無断で覗きこんでしまったのだから、しょうがないと言えばしょうがないのだが、

(一応、弁解は聞いてほしいものだ……)

そう考えていたが、澄子は湘南プロジェクトにかかりきりで、取りつく島もない状態だった。

今日は、澄子や小栗も海の家に集合しているはずだった。

すでに七月に入っていた。梅雨の終わりを感じさせる、からりとした空気が、時おり吹いてきていた。

（しかし、なんで、『ギンギンハウス』になっちまったんだっ）

ステアリングを右に切りながら、雅彦は嘆いた。

海の家は、社名の南銀座麦酒にちなんでギンギンハウスと名付けられたのだ。

宣伝部長の命名だった。

社員全員が「なんて、ネーミングだよっ」と唇を噛《か》んだのだが、なぜか社長の田中正明だけは、大乗り気だった。

『なら、瓶ビールも置こう。小瓶だけでいい。ビンビンになっちまおうぜっ、なんてさ』

そう言って、ひとり爆笑していた。

（この会社、長くないかも知れない。早めに辞めるか……）

雅彦は運転しながら、もう一度、チラリとルームミラーを見た。

風に浮かぶ、アドバルーンがしっかり映っている。

《ギンギンハウスで、ビンビンになっちまおうぜ!! 南銀座麦酒》

やはり、ひどすぎる。

「ぜってぇ、女子なんか、集められないっ。あのバルーンの下で誰が働くんだよっ」

ルームミラーに絶叫しながら、葉山に向かった。

マリーナを越えて、御用邸方向に進んですぐ。

目的地のサーフショップ『ノリノリ』が見えてきた。

ピンク色の店だった。

屋根にドルフィンの形をした看板が取りつけられている。

湘南というより、錦糸町あたりのいかがわしいアダルトショップに見えないこともない。

ギンギン、ビンビンときて、最後がノリノリだ。

（なんだか、悪い予感がする……）

店の前にワゴンを駐《と》めた。

雅彦はノリノリの扉を開けた。

西部劇に出てくる酒場みたいな扉だった。

「南銀座麦酒の飯島でーすっ。北急《ほっきゅう》エージェンシーの鈴木《すずき》さんから紹介されて来ましたぁ」

「あ〜ら、酒屋さん」

女の人がひとりいた。

その女。入り口に背を向けて、大きな台の上に載せたボードをリペアしている。

身長は百六十五センチほど。身体にピッタリと貼り付くサーフ用のスエットを着たままなので、ウエストの括《くび》れや盛り上がったヒップがはっきりとわかった。

(ナイスバディだ)

雅彦は生唾を飲んだ。

彼女、海から上がったばかりの様子。茶色の髪の毛が濡れたままだった。

「いや、酒屋と言えば、そうですけど……。直接小売りしているわけではないので、ちょっと、違うんですが」

背中に向かって、そう声をかけた。

社名を伝えて、酒屋と間違われたのは、いまに始まったことではない。

「でも、一応、ビールぐらい、持って来てくれたんでしょうねぇ」

女が振り向いた。

小麦色に焼けた小さな顔。

その顔の中で、黒目がちな瞳、形の良い鼻梁《びりょう》。そしてアヒルのような唇が、絶妙なバランスで配置されていた。

しかもこちらを向いたスライム状のバストが、ぶるんぶるん、と揺れている。

サーフスエットのファスナーを下ろしたら、ボロリと零《こぼ》れ落ちそうな立派な乳房だ。

「私、小島安奈《こじまあんな》。初めまして」

たぶん自分と同じ歳《とし》ぐらい。もしかしたらちょっと歳上。

「す、すみませんっ。ビール、車に置いたままで……」

「ビール会社がさぁ、宣伝用に開くショップで、水着のウエイトレスを発注しようとしているんでしょう。普通商品知識のためには、実物のビールを、持って来るわよねぇ」

安奈が腰に手を当てて、口を尖らせた。

もっともだった。雅彦は、自分のいたらなさを、恥じた。

雅彦は一度車に戻り、すぐに『銀座一番』の小瓶を五本ほど抱えて、戻って来た。

バドワイザーのボトルを真似《まね》たようなデザインだった。

「うちの一押しはこれっす。どうぞ一本、飲んでみてください」

プルトップを開け、彼女に渡した。

「ありがとう」

安奈が喉を鳴らしながら飲んでいる。豪快な飲みっぷりだった。

もし南銀座麦酒が大手で、テレビコマーシャルなどを打つ会社だったら、自分は絶対にこの人を、モデルに選びたい。

「飯島さん、すーちゃんとは、大学で一緒だったんだって？」

安奈に聞かれた。

一本目を空けて、二本目に手を伸ばしている。

このサーファーガールはピッチが速い。

「広告研究会で一緒でした。鈴木は希望通り代理店へと進めたんですが、僕は、弱小ビール会社に就職するのがやっとで、いまは酒屋回りのしがない営業マンです。せめて宣伝部ぐらいにいきたいんですけどね」

八年前。就活に精を出していた頃を思い出す。

その頃から付き合っていた北山麻里子も、同じ広研で、彼女も、あの頃はまだ広告代理店希望だった。

麻里子はＣＭプロデューサーになるのが夢だったはずだ。

雅彦はコピーライター志望だった。

結局のところ、大手代理店に入れたのは鈴木ひとりで、麻里子も泣く泣く就職先を化粧品会社へと変えたのだ。

しかし麻里子は自分と違って、強烈な意志の持ち主だった。最初に配属になった秘書課で満足することなく、自己アピールを繰り返し、とうとう入社三年目にして、花の宣伝部へと転属となったのだ。

花吹雪化粧品の宣伝部と言えば、優秀なクリエイターがそろっていることで、広告業界では有名である。ある意味広告代理店に就職するよりも、高度な広告プロデュースが出来るともいえる。

それで麻里子はいまでは、かつて自分を採用しなかった大手広告代理店を、自由に操っているのだ。

雅彦は自分だけが、まだくすぶっているような気がしてならなかった。

目の前で、安奈が二本目の瓶の半分を飲み終えた。

「OKっ。この味なら、応援できる。私、後輩のサーファーガール、五人連れて行くよ」

にっこり笑ってくれた。

「まじっ、すか？」

「もちろんよ。ちょっと待って、私、奥からツマミを取ってくる。乾きものしかないけどね」

銀座一番の茶色のボトルを持ったまま、安奈はキッチンの方へ消えて行き、すぐにポップコーンとピーナッツの袋を抱えて戻って来た。

「塩分取り過ぎじゃないですか？」

雅彦は指摘した。

ビール会社の人間ほど、ツマミの摂取多量が、アルコール以上にダメージがあることを知っているのだ。

「平気。私、これでもアスリートなの。だから、普通の人よりは、塩分多くても平気なの」

安奈は三本目の銀座一番に手を伸ばしていた。

「そうですか。しかし、ビール、強いですね。僕なんか、商売なのに、お酒全然弱くて」

「飯島さん、とりあえず、飲まないの？」

「はい、車で来ていますから……」

飲酒運転は、即馘首《くび》と社則で決まっている。

ビール会社である以上、それは絶対なのだ。

「だったら、泊まっていけばいいじゃない」

「はぁ？」

いまなんと言われたのか、わからなかった。

「だって、私が女の子五人用意出来るといったら、業務完了でしょう。飯島さん、今日、もうやることないじゃんっ」

湘南ギャルの発する「じゃんっ」は、さすがにネイティブな感じがした。大阪で聞く「毎度っ」に通じる。

安奈に言われてみれば、仕事はすでに終わったようなものだが『泊まっていけば』とは、大胆すぎないだろうか。

「すーちゃんから、私のこと、何も聞いていないの？」

安奈は口を尖らせた。アヒルのような唇が、超エロい。

「何も……」

鈴木はかつてこの安奈をサーファーとして、ＣＭに起用したことがあると言っていたが、撮影後にオクラになったと言っていた。

ここで出す話題ではないような気がして、聞いていなかったことにした。

「私、酒癖、悪いのよ。すーちゃんの仕事を受けた時も、打ち上げ後に、酔っぱらって、スポンサーの部長に絡んで、股間とか握っちゃったのよね」

顔を真っ赤にしながら言っていた。恥ずかしい過去を暴露して、照れているせいなのか、それとも単に酔っているせいなのか、判然としない。

いずれにしても、小麦色の肌にさらに赤みが差した顔というのは、どことなくエロい。

「小島安奈さんが、酔った勢いとはいえ、触ってくれたのに、怒るなんて、むしろ変人ですね」

自分ならそう思うことを素直に言った。

「打ち上げに、その人の奥さんも来ていたのよ」

安奈が肩をすくめてみせた。

「そりゃ、最悪ですね」

「そうなの。そのまま修羅場になっちゃって、私、干されちゃった」

「なーるほど。鈴木は何も言ってくれなかったですよ」

「すーちゃんも、あれ以来、私自身のキャスティングは、してくれなくなったんだけど、湘南でロケがあるたびに、打ち上げ要員として呼んでくれるの。私、お酒があれば、どこでも行くタイプだから」

「あのそれじゃ、鈴木の股間も握っちゃったり、したんですか？」

超聞きにくかったが、あえて確認した。大学の同級生のお手付き女ならば、相応の接し方というものがある。

「すーちゃんは、私が酔っぱらうと、すぐに逃げるの。仕事関係の女はパスっ、とか言っちゃって、酔った私の半径一メートル以内には絶対入ってこない」

鈴木の堅実さは、ある意味、凄い勇気だ。出世の階段をきちんと昇る男はやはり、自制心が違う。

安奈が、三本目の残りをグイッと一気に飲み干した。

ふとお互いの距離を確かめると、安奈は、雅彦の正面、五十センチほどぐらいのところに立っていた。

「ふふふ。なんか、えっちぃ気分になってきた」

銀座一番の瓶をボードの上に置くと、雅彦の股間に、すーっと手を伸ばしてきた。

3

「ややや っ、僕も仕事の話に来たんですから、まずいですよ。鈴木に怒られちゃいます」

安奈の右手が、雅彦のハーフパンツの股間に伸びていた。湘南のサーフショップを訪問するとあって、本日は赤と黒のポロシャツにベージュのハーフパンツを穿いていた。

「すーちゃん、飯島君はＯＫだからって、言っていたわよ」

「ええええ？」

「北急エージェンシーとしてのクライアントじゃないから、ふたりがどういう具合になっても知ったことじゃないって。それに安奈には、酒屋さんが合うって言うのよ。ねっ」

棹ではなく、玉袋のあたりをやわやわと握られた。玉を握られると、棹がぐいっ、と勃《た》つものだ。

「あの、だから僕、酒屋じゃなくて、小売店と卸店専門の営業マンで……」

ぎゅうっ、と握られた。

「さっき、言ったじゃない。安奈に触られて、怒る人なんて、変人だって。飯島君、変人じゃないわよね」

ファスナーが下ろされてしまった。

「えっ、まじっすか？」

うろたえて、目を白黒させていると、安奈の顔が一気に近づいてきた。化粧気のない顔の中で、肉厚の唇を尖らせている。

「ねぇ、やっちゃおう」

近づいた安奈の鼻梁が、雅彦の鼻の上に、ちょこんと触れる。

安奈の首筋から甘いコロンの香りが匂った。潮風にマッチするいい匂いだった。

「あの、ビール、まだ二本ありますが。はい、車の中には、さらに五ケースほど置いてあります」

しどろもどろになって、話をそらそうとした。

安奈は酔った瞳で、微笑《ほほえ》んだままだった。

「いまはこっちのボトルがいいの……」

ハーフパンツの股間からこぼれた半勃起の肉根を安奈に握られた。

「手、温かいですね」

「銀座一番のおかげで、火照《ほて》っちゃったから」

安奈のすっぴんの顔が、さらに近づいてきて、唇を重ねられた。

「んんんっ」

主導権を完全に握られていた。

柔らかい唇を押し当てられ、ぬわっと口をO形に開かされた。

銀座一番の味がする舌を差し込まれてきて、雅彦の舌に絡みついてきた。ニュルニュルとして、気持ちがいい。唾液もどんどん送り込まれて来た。

舌同士をたっぷり絡ませ合いながら、唇を吸盤のようにして吸い立ててくる。息が止まりそうなほど切迫させられたが、とにかく気持ち良かった。

陶然となりながら、雅彦も徐々に舌を動かして応戦すると、今度は下半身に刺激が走った。

舌を絡め合いながら、肉根も摩擦され始めていた。

「んんんっ」

口の中でぴちゃぴちゃと音を立てながら捏ねくり回してくる舌腹とは、まったく違う動き方で、肉根が擦られていく。

安奈は少しずつ、手筒の握力を強めていた。ぬんちゅ、ぬんちゅっ、と手筒を律動されて、雅彦の男根はたちまち鉄のように硬くなった。

口の中を掻《か》き回されているせいで、声を上げることもままならない。

立ったままで、じわりじわりと、口腔《こうこう》内と陰茎を刺激されつづけ、いつの間にか、先走り汁を漏らし始めた。

長い、長いキスだった。

キスというより、口内ペッティングだった。

汁がかなり溢《あふ》れてきたところで、ようやく安奈が接吻《せっぷん》を解いてくれた。

「私、ベロチュウしていると、濡れてくるの。舌を絡め合っていると、なんだか、おま×こを掻き回されている気分になるのよ。飯島君も、濡れちゃっているね」

「はぅう」

答えるより先に、深呼吸をせねば、声が出なかった。

「口って、こんなに感じるんですね……」

雅彦にとっては、これほど長いキスは初体験だった。

「ビールは飲まなくても、エッチはやっちゃうわよね……」

微醺《びくん》を帯びた瞳で、見つめられた。ねっとりとした視線だった。

「はい……」

雅彦の中にも、もはや制御できない欲望が芽生えていた。

安奈の豊満な肢体からは、汗が匂った。キスの昂奮が冷めやらず、全身が火照っている様子がありありと伝わってくる。

胸を突きだされた。

スエットスーツの中央に長いファスナーが走っているのが見えた。

「引き下ろしてよ」

ボードの上に腰を降ろした安奈が胸をせり出してきた。

4

震える手でファスナーを下ろしにかかった。胸の隆起の部分を通過するのが手間だった。

作業台の上に置いてあるボードに尻を付けた安奈に対して、立ったまま向き合い、雅彦は躍起《やっき》になってファスナーのプルタブを押し下げようとしていた。

「ぎゅうぎゅうに詰め込んでいるんですね」

なまじ首から鎖骨に掛けて開いてしまったために、Vゾーンが拡がりすぎて、バストの隆起を前にして、ファスナーが下がらない。

かちゃかちゃと、上下に滑らせて、弾みで引き下ろそうと悪戦苦闘することとなった。

なんとも間の悪い作業を、雅彦は会話でごまかそうとした。

「敬語やめてくれない。同年《タメ》なんだから」

「そうなんだ。大人《おとな》っぽいから、上かと思っていた。じゃぁ、そっちも雅彦でいいよ」

言いながら、雅彦はファスナーと苦闘を繰り返していた。なかなか下がらない。かちゃかちゃと上げ下げする。

バストの谷間は見えてくるのだが、アンダーまでファスナーが下りない。いらついた雅彦は、ファスナープルを激しく揺すった。

安奈の身体も揺れた。

「あんんっ。そんなに揺さぶったら、乳首が擦れるぅ」

「んんん〜、もうっ、めんどくさいっ」

雅彦は一気に下ろした。引きちぎれようが、破壊しようが構わないとばかりに引っ張った。ばちんっ。ファスナープルがバストの山を越えた。すぱんっ。

勢いづいて、一気に下腹部まで、引き下ろしていた。

クラウンメロンのような見事な双乳が、ボロンと出現した。当然下着など付けていなかった。

「凄いっ。雅彦って、基本は獰猛《どうもう》な性格なんだっ」

安奈が目を丸くしている。

「そんなこと、ないっすよ」

勘違いされては困る。自分は内気な性格だ。どちらかと言えば、女子に引っ張られて生きるタイプだ。

いままでが、そうだった。

「控えめな人ほど、勝負に出る時は、迫力あるものだわ。いまのファスナーの開け方、結構、感じちゃったわよ」

開いたスエットスーツの間から出現したバストに目をやると、頂《いただき》にある乳首も巨粒だった。

安奈の瞳と同じぐらいの大きさだ。しかも、かちんこちんに硬直している。

「よく飴玉《あめだま》みたいだって、言われるの。しゃぶる?」

「いただきっ」

腫《は》れた乳首にむしゃぶりつきながら、安奈をボードの上に押し倒した。

メロンのようだった双乳が、仰向《あおむ》けになったとたんに鏡餅のように平たく広がった。

「いやーん。この上で、舐められるの、抵抗あるなぁ」

ボードを下にして、天井を仰ぎ見ている安奈が、切なげな声を上げている。

プロのサーファーにとってボードはおそらく神聖なものであるはずだ。

だからこそ、雅彦はこの上でやりたかった。

男の野性がそう求めている。

右の乳首に吸いつき、じゃぶじゃぶと舐めた。

「いやぁ、おっぱい気持ちいいっ。でも、ボードの上は照れくさいよ。この板で、全日本選手権に出場するんだからっ」

「じゃぁ、いい運がつくように、いやらしい液をいっぱいつけちゃおう」

「だめぇ、それはだめぇ。いま磨いたばかりなんだからっ」

安奈が抵抗をし始めたので、乳首をしゃぶりながら、片腕を伸ばして、銀座一番を取った。

「あんっ、いやんっ、そんなにベロンベロンしたら、一気に感じちゃう。えっ、ビール……？」

激しく身体を捩《よじ》りながらも、雅彦を撥《は》ね除《の》けようとしていた安奈だったが、ビールを差し出されるとあっけなかった。

「んんんんっ。右をチュウチュウされながら、左をコリコリされるのって、すっごくいいっ」

善《よ》がり声をあげながら、銀座一番の瓶を咥えている。

「ビール飲むと、とにかくエッチな気分になっちゃうんだよね……私」

「いい性格だと思う」

雅彦は右乳首を吸い立てながら、左手を安奈の股間に下ろした。ファスナーは恥骨のあたりまで開いている。指先ですでにはみ出ているはずの陰毛を探した。

（ない？）

顔をバストの片山の中に埋めていたので、下方を見ることは出来なかった。指先で陰毛を探りあて、そこを起点に割れ目や淫核の位置を推し量ろうと試みたのだが、ふさふさとした感触は得られなかった。

「私、これでもアスリートだから。剃《そ》ってるの」

安奈が天井を見ながら言っていた。初めて見せる羞恥《しゅうち》の顔だった。

このどう見ても肉食系にしか見えない女が、剃毛《ていもう》していることにだけは、羞恥を感じているらしい。

雅彦はよけいにドキドキしてきた。

強そうな女が、恥じらう様子は、とても可憐《かれん》だった。

「じゃぁ、そこを舐めさせてください」

乳首から口を離し、自分自身がまず素っ裸になった。

ポロシャツとハーフパンツを床に投げすてる。もちろんボクサーパンツも脱いだ。

「すっごい。雅彦のちん×ん、バキバキになっている」

華奢《きゃしゃ》な身体だが、肉棹だけは、天から授かったものである。

隆々として、幾つもの筋を浮かべた肉杭は、どんなアスリートの筋肉にも負けないくらい逞《たくま》しかった。

怠け者の生活をしていても、男根だけは、レスラーやボクサーよりも硬くさせる自信はあった。根がスケベだからだ。

「いやぁ、それマジ、鉄柱っていう感じ」

安奈がポカンと口を開けて、見惚《みと》れていた。

(ちょっと自慢っ)

雅彦は尻を振って見せた。勃った陰茎が、グルンと一回転する。

「おバカっぽいよ」

安奈に窘《たしな》められた。ちょっと調子に乗ったと思う。

「そんな言い方で、男をバカにする女は、こうしてやるっ」

わざと大声を出して、安奈の両脚を持ち上げた。

「いやんっ。やっぱり獰猛っ」

肩から抜け落ちそうになっているスエットを、一気に引きはがしにかかった。

「あぁあ、これ取られちゃうと、私、真裸《マッパ》になっちゃうんだけど」

「やるんだから、マッパでしょう。俺なんか、もうそうなんだから」

誰もいないサーフショップ。

背中では、相模《さがみ》湾に寄せる波の音が聞こえている。

雅彦は、とうとう安奈が着ていたスエットを足首から抜いた。

「やだっ」

「マジ、ツルまん……」

楕円形の丘の上に、縦の線が一本入っているだけ。そんなワレメだった。

「そんな言い方しないでっ」

安奈が首を横に振った。瞳が血走っている。その様子からは、羞恥ばかりではなく、隠しきれない欲情が、ありありと伝わってきた。

「もっとよくソコをみたいっ」

雅彦はボードの上で、安奈の両脚を押し拡げた。M字に割り拡げる。

「ぁあぁ」

安奈が悲鳴とも喜悦ともとれる声をあげた。

陰毛のない土手を見るのは初めてだった。好奇心に駆られて、じっと見つめてしまった。

「やめてよ、そんな風にして見るの」

安奈は顔をそむけたまま、視線を床に落としている。

「舐めるよ」

雅彦が剃毛した土手に舌を這わせた。肉厚に舌を最大限に差し出して、べろりと舐めた。舌先に微《かす》かに毛根の感触を得た。夢中になって舌を回転させた。

「ああ、そんなところを舐めるなんて……んんわんっ」

安奈がビクンと腰を振った。ちゅるん。雅彦が舐めている土手の真下で、肉丘が僅かに開いた。樹木《じゅもく》の表皮によくある亀裂のように薄く開いて、その間からねっとりした液を溢れさせている。

「ボードに、まん汁が垂れていく……」

卑猥《ひわい》な言葉を声に出して言う。

雅彦にとって『声に出して読みたい日本語』とは卑猥な日本語だ。

たぶん多くの日本人はあの本のタイトルに接して『おま×こっ』と叫んだのではないだろうか。

「いやん。私の大事なボードに、まん汁なんて……」

「もっと、溢れさせてやる」

土手を舐めながら、雅彦は片手を伸ばして、人差し指を亀裂に潜り込ませた。

ねっちょり。

「んんんわぁ」

大陰唇の襞《ひだ》を掻き分けて、樹木の裂け目を拡げてやった。指先に触れた小陰唇が、にゅるにゅると蠢《うごめ》いていた。

雅彦は、掻き回すように指を回転させた。

「気持ち良すぎるぅうう」

土手から舌先を、僅かに下げた。舌先を硬直させて、内縁の上方を狙う。

すでに、パールピンクに染まったクリトリスが顔を剝《む》きだしにしていた。

ちょーん。

突起を突いてやった。

「ぁぁあああああぁ」

裂け目から樹液のような粘汁が、一息に湧き上がってきた。

「べっちょべっちょだ。安奈のまんちょ、べっちょ、べっちょ」

声に出して言ってみたい卑猥な表現を、連呼した。

最低との、そしりを受けそうだが、美貌の女に向かって吐く卑猥語ほど、自分自身を盛り上げてくれるものはない。

「美味《おい》しそうな、まんちょ、いただきます」

雅彦は蛸《たこ》のように唇を窄《すぼ》めて、割れ目に顔を埋《うず》めた。モッツァレラチーズのような濃厚な匂いがした。

クリトリスに鼻柱を押し付け、小陰唇を左右の一枚ずつしゃぶった。しゃぶしゃぶの肉を舐めているような感触。

下唇に、じゅわじゅわと溢れかえってくる愛液を感じた。

「いやっ、いやっ、いやっ。私、いっちゃいそう」

「◎△×◇……ぇ」

いっちゃぇ、と言ったのだが、べちょべちょの肉裂に唇を押し付けていたので、意味不明な言葉にしかならなかった。

しこらせた舌先で再度淫核を狙う。下側から上に向けて、ベロン、ベロン、とやってやる。

「いっくぅうう」

安奈が腰を突き上げ、両脚で雅彦の頭を締め付けてきた。それでもクリトリスに吸いついた。ストローでコーラを一気に吸い上げる感じで、チュウチュウした。

「もうだめぇええ。クリが取れちゃうっ」

安奈の太腿が痙攣《けいれん》しだし、雅彦の頭を挟む力が増してくる。

(いてぇええ)

頭と頬を猛烈に挟まれて、息が苦しくて、仰《の》け反《ぞ》りそうになった瞬間。

「ぁあああああああああぁ、いっちゃうっ」

果てたみたいだった。

「ふぅううぅ」

雅彦の方も安奈の股から頭部を解放されて一息ついた。

「まん汁、凄く溢れたから、もう、ボードぬちゃくちゃですっ」

股間から顔を離しながら、雅彦はにやりと笑ってやった。

5

「雅彦が今度はボードの上に寝てっ」

安奈に命じられてしまった。

「いいんですか？　神聖なボードに、僕のようなスケベ人間が寝ちゃって」

「その方がいいのよ。私が下になっていた方が、両方の汁が落ちちゃうんだもの」

「逆さまになっても、結果同じだと思うけど」

いちおう、そう断りながら雅彦は、ボードの上に仰向けになった。

安奈のボードの絵柄、よく見ると、虎がこちらを向いて、牙をむき出しているポーズが描かれていた。

したがって、その上に寝ると、虎に尻を噛まれているような錯覚がする。

「なんだか、怖いなぁ」

天井に肉杭を突きだしながら、肩をすくめた。

「普通、この上だけは男子禁制にしているんだけどね。酔った勢いでも、私が、雅彦のことを気に入った証拠ね」

安奈が尻をこちらに向けて、跨ってきた。シックスナインスタイルだ。

身体を折って、男根に顔ごと埋めようとしていた。

「噴き上げたら、私が全部飲んじゃうから」

雅彦の方向からは、安奈の円い尻と、その谷間に拡がるクレバスが見えた。クレバスのちょっと上に、臍《へそ》のように渦巻いた窄まりが見えた。可愛《かわい》らしかった。アナルになんて何の興味もなかったが、目の前にはっきり差し出されると、小指ぐらいは入れてみたくなるのが人情というものだ。

雅彦は右の人差し指を、安奈に気づかれないように、こっそりしゃぶった。

「ふはっ」

攻める前に、しゃぶられた。

口を大きく開いた安奈が、すっぽりと雅彦の剛直を口中に収めてしまった。

「んわっ。『まんちょの湯』に入った感じ。いい湯加減、ていうか、涎《よだれ》がグチャグチャしていて、超、気持ちいいっ」

「私の口は、温泉ですかっ」

喩《たと》えが悪かったのか、安奈はいきなり唇をスライドさせてきた。

「ううん。んんっ」

夥《おびただ》しい量の唾液が肉杭の全長を濡らし切り、安奈はその唾液と肉茎を同時に吸いあげている。

じゅるるる、じゅるるる。猥褻《わいせつ》な律動音が、ショップに響き渡った。それとは別なリズムで、玉袋が握られていた。ぐー、ぱー、ぐー、ぱー、と玉があやされる。吸い立てと握りが、バラバラなのだが、不思議にシンクロして、そのたびに、亀頭の芯に痺《しび》れるような疼《うず》きが走り抜けていく。

「くぅぅぅ」

雅彦は大きく口を開かされた。開いた口の角から、涎が溢れてきた。

攻め立てられてばかりでは、男が廃《すた》る。

しかし淫所に唇を這わせようにも、男根を口淫《こういん》される快美感に、半身を起こすことすら無理だった。

ふと思い出した。

(お尻の渦巻きに指を入れてみたい)

それなら身体を起こさずとも、出来そうだった。

「うぅぅぅ」

亀頭の裏側をレロレロされて、一気に射精しそうになった。

「んんんっ」

耐えた。

（ここで、漏らしてなるものか……）

瞑《つむ》った目が窪《くぼ》んでしまうほどの快感に耐えながら、雅彦は涎を付けた右手の指先を伸ばした。

こちらに向けて、猫のおねだりポーズのように高く掲げた安奈の尻山の中心地に、指を乗せた。べちゃ。

「……」

安奈の背中が瞬時に強張《こわば》った。海老反《えびぞ》った背に脂汁が浮かんでいた。

「あ……穴が違うと思うんだけど……」

亀頭から口を離して言っている。

雅彦は指先を、ちょっと下げた。渦巻き穴の真下にある、満湖の湖中へと指を潜り込ませた。

「んんん、はっ」

喜悦の声を聞いた。

ぴちゃぴちゃと肉満湖の蜜面で、指を濡らした。満蜜の源泉である淫穴の真下だった。

「そこ、気持ちいい……」

ふたたび、肉杭に舌を絡みつかせてきた。根元から亀頭に掛けて、丁寧に舐めあげられていく。

「おぉぉおぉ」

本当にもう漏れそうになった。

雅彦は狡猾《こうかつ》な作戦に出ただけだった。尻穴への指挿入を悟られないように、人差し指を大満湖へ移しただけだ。

しかも、涎以上の潤滑油を得ることが出来た。

たっぷりと蜜の載った指先を、もう一度、虚空に浮かせる。とろとろとした蜜糸を曳《ひ》いていた。

安奈は夢中でフェラチオを続けている。

舌先が、にゅるんっ、にゅるんっ。亀頭の裏側に集中し始めている。

「あっ、漏れそう……」

「飛ばしていいわよっ」

カポリと棹の全長を口中に収めてくれた。射精を口内で受け止めてくれるらしい。

唇を引き上げていく。スライドをあと二往復されたら、飛ばしてしまうだろう。

（ここは急がないといけない）

雅彦は、指を尻山の中央へと移動させた。くるくる◎状の小穴の上に指先を乗せた。安奈は今度は気づいていない。硬度を最大限に増した男根を発射させることに夢中になっている。

（いまだっ）

無遠慮に指先を渦巻き穴へと、突っ込んだ。指の根元まで、ぬぽぬぽと挿入してしまった。

「んんんんっ、んっはぁ〜」

男根を咥えたままの安奈が、唇を窄めた。突然の尻路挿入に驚き、仰け反るのではなく、頭が前倒しになったみたいだ。

尻穴も窄まっている。指先が潰れそうなほど、硬い粘膜壁に締め付けられた。

（これは、連動するものなのか？　んんんっ）

それより先を考えている余裕はなかった。

いきなり亀頭を喉ちんこの奥へと呑《の》み込まれてしまったのだ。

にゅるりんっ。亀頭、喉ちんこの向こう側へ。初体験だった。

指も亀頭も、狭路の中へと嵌《はま》り込んでしまった。

安奈が喉を震わせて、何事かを発している。亀頭が詰まっているので聞こえない。

「ふぁ、ご、くぁ、さぁ、ぬ、ぃ、でぇ」

何かの暗号か？

もう一度同じ言葉を言っている。今度は、耳を澄まして聞いた。

（ほう……）

う・ご・か・さ・な・い・で……らしい。

「おぉお、指も、ちん×んの先っぽも、嵌り込んで、動けないっ」

雅彦は叫んだ。動かさないのではなく、動けないのだ。

「ふぁかっ」

ばかっ、と言っているらしい。

どうしようかと思案したが、やはり、抜くためには、動かすしかない。

人差し指を、くいっ、と引き抜こうとした。

「うわぁあああ」

「おぉおおおお」

ふたり、そろって絶叫した。

尻穴が指を擦過してしまったらしい。たっぷり盛ったはずの蜜液も、しばし紅道に滞在している間に、吸収されてしまったらしい。それはひりついたことだろう。

雅彦の男根の方も、悲鳴を上げていた。文字通り尻穴に火が付いた安奈が、亀頭を挟んだ喉を思い切り締めてしまったのだ。

ちゅるんっ。精子が飛んだ。鉄砲水のように飛んでいた。

「……っんがっ」

ごっくん。安奈が喉を鳴らした。精子が安奈の食道を通って腑《ふ》に落ちていく。

ちょっと、男根が萎《しぼ》んだ。

「ふっはっ～」

安奈が喉から亀頭を抜いた。

「なんてこと、する人なのっ。やっぱり獰猛だわ」

ぜいぜいと声を上げている。たったいままで、呼吸困難だったのだから当然だ。

「ごめん、ごめん。男として、ただ流しちゃうのって、不細工すぎるなと思って」

雅彦は、汗を拭きながら、起き上がった。手を伸ばし、床に転がったままのポロシャツを取り上げようとした。

「ちょっと、待って。まだ、ちゃんと入れてもらってないんだけど」

安奈が一際《ひときわ》尻を掲げ、濡れたまん処《しょ》を指さしている。

「僕、いま出したばかりなんだけど」

「ちょろ出だった。全出《ぜんだし》じゃなかった」

顔だけ振り向いて、唇を尖らせている。

まだ肉根を握られていた。

「こうすれば、すぐまた勃起するっしょ」

安奈に玉袋を押され、同時に裏筋を擦られる。すぐ直立した。

「かなり強引なことしますね」

「いや、あなたほどじゃないと思う」

安奈が四つん這いのまま、ボードの上を前進した。いままで咥えられていた肉棹が、尻の間から通り抜けてきた。

雅彦は仰向けの状態から、身体を起こし、膝立ちになった。

隆々とした砲身を割れ目の中心に据えた。

強い既視感《きしかん》に捉われた。

(麻里子を突いていた時の小栗って、こんな感じだったな)

忘れていた怨嗟《えんさ》が、こみ上げてきた。

ずちゅっ。亀頭を肉舟に置き、淫穴への角度を合わせる。ぬちゃ。腰を押した。

「はうっ。いきなり」

安奈の背中が崩れ落ちる。

尖った粘膜棹が泡吹く淫穴へと潜りこんでいった。

先ほどまで舐め回され、喉の奥の柔らかい粘膜に挟まれ、射精までしてしまったのだが、ほんものの淫穴に包まれる快感は、また格別だった。

全長を埋め込んだ。根元と膣穴の隙間から、ぶつぶつと女汁が溢れている。

「おっきぃ。入ると巨根なのがよくわかる」

安奈がボードに向かって、桃色のため息をついていた。

まだ動かしてもいないのに、淫層の中で、肉襞がざわめくように蠢き、勃起を慰《い》撫《ぶ》してくれている。

雅彦は大きく尻を跳ね上げた。じゅるじゅるじゅると柔襞を掻きながら、鰓《えら》が引き上がってくる。

「ぁあああぁ、いいっ」

安奈が激しく首を振った。ぬぱーん。にゅぱーん。亀頭を穴に落とし込んでは引き上げた。

安奈も腰を浮かせては沈めている。

後ろ向きではあるが、背中の張り具合から、安奈がどれほど感じているかは、推察できた。妖艶《ようえん》に黒髪を掻き上げては、時々顔を雅彦に向けてきた。

目の下を赤く染め、鼻孔《びこう》を淫《みだ》らに開閉させている。

(エロい、エロ過ぎる顔だっ)

夢中になって、肉杭を打ちおろしては、引き抜いた。

「凄いわ、雅彦っ。先っぽが、奥に当たるっ……あぁ、たまらないわっ。いやんっ、引きあげの速度早すぎっ、鰓が擦れるぅうう」

後ろ向きに掲げた巨尻を、ゆっさゆっさと振っている。

雅彦はその尻山の脇を摑《つか》んでいた。ぐっと、引き寄せては、男柱を深々と挿し込む。結合した肉同士が、淫靡な音を立てて擦れ合う様子を、眼下に見下ろしながら、振り立てた。

「あぁああ、雅彦、おっぱいも揉《も》んでっ」

いままた振り向いた安奈が、顔をくしゃくしゃにして、言っている。

出会ったばかりの男女のほうが遠慮がないのかもしれない。

麻里子に対しては、彼女の気持ちを慮《おもんぱか》るあまり、いつしか無理をしなくなっていたようだ。それが、愛情のつもりだったのだが、本音を言い合わなくなってしまったのも事実だった。

目の前の安奈は、貪欲に注文を付けてくる。この方が、わかりやすい。

雅彦は、両手を伸ばし、乳山を覆うように掬《すく》い上げた。

四つん這いになっているせいで、乳房はより重く感じられた。手のひらの中でしこった乳首を、コロコロと転がしてやった。

「はうっ、それもいいっ。おっぱいと穴を一緒に刺激されるのって、最高っ」

安奈は陶然とした声を上げ、腰を振り立ててくる。

「お願いっ、最後は私のリズムで、いかせてちょうだいっ」

涙目で、そう言われた。雅彦は腰の動きを止めた。

「ありがとう……んんっ」

フェラチオの時と同じように、穴を縦にスライドさせてきた。ぬめぬめとした女肉に、カリの裏側を猛烈に擦られた。

ぬんちゅ、ずんちゃっ。

「おぉお、もう、完全に出てしまうぞっ」

安奈の腰の動きに肉根が翻弄《ほんろう》された。

きゅうっ、と膣層が窄められた。膣が痙攣を起こしたのかと思った。

「私も、いくっ。雅彦、出していいよっ」

その言葉に導かれるように、熱いマグマを爆発させた。

ドクンドクンと棹が脈を打ち、大量の精汁が、安奈の肉層の中に流れ込んでいく。

「ぁあああっ、いく。たくさん出して、残らず出してっ」

安奈が、崩れるように前に倒れていく。

雅彦は、それでもしつこく繋《つな》げた肉を擦り、最後の一滴まで、絞り出そうとしていた。

衝撃的な初対面射精だった。

「銀座一番五ケース。ぜんぶ置いて行ってね。女の子たちのギャラそれでいいから」

身支度をし終えると、安奈はさばさばとした顔になっていた。

「それだけで、いいの？　安いけど経費は用意しているんだけど」

「ぇええぇ？　経費ってちゃんとあるの？」

「でも、少ないから……」

「うっそぉ〜。北急エージェンシーのすーちゃんがね、南銀座麦酒は人件費も出せない会社だけど、どうにかならないかって、言ってきたのよ」

「まぁ、ないのも同然だから」

「いや、まいった。私、ゼロだと思ったから、すーちゃんに、だったら、そのお友達の身体で払わせるって、いや、すーちゃんもジョークだって思ったんだね」

「はぁ」

雅彦は小首を傾《かし》げた。

「しゃーないなぁ。少ないにしてもギャラもらえるんだったら、そっちにしたんだけど、私、入れちゃったからねぇ」

安奈が腕組みして、雅彦の股間を眺めていた。

「そんな、いやらしい目で、見るなっ」

そう怒鳴って、サーフショップ『ノリノリ』を飛び出した。

ちょっと複雑な気持ちだった。

大口取引先のバイヤーと寝た営業ガール。あるいはプロデューサーとかに、股を開いた女子新人アイドル。

男の癖に、その人たちの気持ちになった。

「でも、気持ち良かったから、いっかぁ」

雅彦は生来が楽観主義者だった。

店の外は見事な湘南晴れだった。

いよいよ本格的な夏がやって来たらしい。

急いでワゴンに乗って、南銀座麦酒の仲間たちがいる海の家ギンギンハウスに戻った。

もう黄昏時《たそがれどき》だった。赤い夕陽《ゆうひ》が店内を染めていた。

小栗裕平と星野澄子が肩を寄せ合っていた。

どちらも、とても酔っているらしく、べったりくっついている。

とんでもないことになりそうで、胸騒ぎがした。

（その男だけは、ダメだっ）

猛烈な嫉妬心が湧いてきた。

たったいま、自分は他の女とセックスをしてきたというのに、澄子が遊び人の小栗裕平の手に落ちるというのは、許せない。

矛盾しているのはわかっている。

（でも、それが、感情じゃないかっ）

これは不思議な感情だった。

つまり、どうやら、星野澄子に、恋をしたらしい。

第四章　太陽は知っている

1

七月十五日。水曜日。午前六時半。

めでたく『ギンギンハウス』のオープンの日となった。

小栗裕平は、早朝にもかかわらず、ウキウキとした気分で、まだ誰もいない、店に来ていた。

浜辺は閑散としていた。

ギンギンハウスの両隣にも他社のアンテナショップが完成していた。右隣は大手牛丼チェーン店。でかでかと看板を上げている。左隣は、南欧風のとても洒落《しゃれ》た外装が施されているが、どこの会社かは不明だ。

南銀座麦酒のギンギンハウスは、豪華ではないが、それなりのログハウスになっている。新築特有の木の匂いがとてもよい。

海の家の開催期間中、プロジェクトメンバーの六人は、湘南に宿泊することになっていた。

そうはいっても弱小企業ゆえにホテルとかではない。海と通りを隔てた位置にある、木造アパートを借りることになっていた。

男子は六畳程度のワンルームの部屋に四人放り込まれる。

さすがに女子の星野澄子だけは、別なワンルームを与えられることになったが、こちらも、パート勤務となったビキニガールたちの休憩所などに使用される。

（庶民と一緒に寝泊まりは出来ない）

小栗の生活レベルに、そうした簡易宿泊の習慣はなかった。

父親が七里ヶ浜に別荘を持っていたので、そこから通うことにした。家政婦がひとりついているので、食事も含めて不自由はない。

怠け者の小栗が早朝から、わざわざ、やってきたのにはわけがある。

（仕掛け、仕掛け……）

今回のプロジェクトに参加できたのはラッキーだった。仕事とは別に、大きな目的を達成できることになる。

その目的完遂のために、手に入れたものまであるのだ。

先週、エロ漫画雑誌に載っていた通販広告で、媚薬《びやく》を手に入れた。いかがわしい広告だったが、コピーがとにかく蠱惑《こわく》的だった。

こんな感じだ。

☆飲み物にちょっと混ぜるだけで、あのお堅い彼女も、すぐにムラムラ……乱れに乱れて、お股を開くこと必至!!
★ガラナ＋マカ＋オットセイ★　全部を混ぜた秘薬。
これぞ魅惑の粉末『やったぜ・ベイビー』
創業昭和二十七年。桃髭《ももひげ》薬局

古色蒼然《こしょくそうぜん》としたコピーだが、六十三年も売り続けているという事実が、『ちょっと信じてもいいのかな？』

という邪《よこしま》な気持ちを喚起する。

小栗は即刻、電話で購入した。

こんな薬を購入するのは、もちろん初めてだ。

家に配達されると家政婦が勝手に中身を点検して、母親にチクる可能性があったので、会社気付にして届けてもらった。

(ふふふ……これを澄ちゃんに飲ませたら)

期待に胸が膨《ふく》らむではないか。

こんな弱小メーカーでも、辞めずに働いているのは、目標があるからだ。

(宣伝部の星野澄子が、好きだっ)

あの愛くるしい瞳。小柄だが引き締まったボディ。何よりも気立てがいい。

小栗がこれまで付き合ってきた、いわゆる六本木系の女子たちと彼女は明らかに違っていた。

清楚《せいそ》。まさにその言葉がふさわしい。

星野澄子がミニスカートを穿《は》いているのを見たことがなかった。常にパンツルックかロングスカート。

足首から上を見たこともない。

だからといって、同僚飯島雅彦の元カノの麻里子のような、いわゆるキャリアウーマンタイプというわけでもない。

働きものの普通のＯＬなのだ。

（そこが、魅力なんだよなぁ）

先週、オープン準備で、プロジェクトメンバー全員で、ギンギンハウスに来た。

飯島だけは、ビキニ姿でウエイトレスをしてくれるギャルたちを調達するために、サーフショップに出掛けていたが、その間、小栗は宣伝部の連中と、掃除をしたり、椅子の配置をしたりして、手伝った。

星野澄子はメニューや配布するフライヤーの確認に追われていたが、ノートＰＣを覗《のぞ》き込みながら、前髪を掻《か》き上げ、頬に手を当てる仕草が可愛《かわい》らしく、見ているだけで、小栗は胸を熱くし、股間を膨らませた。

終わって、軽く打ち上げとなり、当然、全員でビールを飲んだ。

宣伝部の男たちは、営業部以上に酒豪であった。星野澄子も可憐《かれん》な顔立ちに似合わず、飲めた。五人で二ケース空けた。

案外に弱かったのは、小栗だった。

かなり飲んで、他の人間たちよりも早くヘロヘロになってしまった。

ほろ酔い加減で黄昏《たそがれ》の光に包まれながら床に横たわり、うとうとしてしまった。

気づくと、隣で澄子が小栗の肩に頭を寄せて、寝息を立てていた。

形の良いバストが、呼吸とともに、上がったり下がったりしていた。宣伝部の他の三人の男たちも、一日中、慣れない力仕事をしたせいか、椅子にもたれたまま、目を瞑《つむ》っていた。

千載一遇のチャンスだった。こっそりバストを触るか、股間を擽《くすぐ》るぐらいできるはずだった。

（酔っている女は、すぐに発情するっ）

これは、小栗の持論だった。

ところが、手をあげようにも、酔いで、手が言うことを聞かなかった。どれぐらい飲んだのかは、クエスチョンだった。ただ、澄子もじゃんじゃん飲むので、負けてはならないと、小栗もボトルを何本も空けたのは覚えている。

頭がいまだにガンガンと痛む。

みんなビール会社の人間だった。小瓶の『銀座一番』をグラスに注《つ》ぐような、ちまちました飲み方はしない。

ボトルごと、ぐいぐいと飲む。澄子も同様だった。

最初に潰《つぶ》れたのが小栗で、ようやく目覚めて、ほとんど据え膳のように隣で眠る澄子を目の前にしても、手も足も出せないほど、酔ってしまっていた。

見逃し三振をしてしまった思いだ。

（澄ちゃんを、飲ませて口説くのは、自分には無理だ）

同時に、そう悟ることも出来た。

そこで、一計を案じたのが、媚薬である。

渋谷《しぶや》とか六本木の怪しい店で、いわゆる危険ドラッグを買う勇気はさすがになかった。澄子にもしものことがあってはならない。

小栗もそのぐらいの常識は持っていた。

そんな時に、たまたま読んでいたエロ漫画雑誌の広告に目が留まったわけだ。

というわけで、こんなに朝早くから、媚薬『やったぜ・ベイビー』をショートパンツの尻ポケットに隠して、ギンギンハウスにやって来たというわけだ。

（うまく澄子にだけ、飲ませなくてはならない）

効果のほどは三日前に、六本木のラテン系クラブ『リーヤ・コンマオ』で確認済みだ。

クラブで顔馴染《かおなじみ》のギャルたちをＶＩＰルームに連れ込んで、酒の中に密《ひそ》かにこの粉末を混ぜたら、一発で効いた。

そもそも露出度の高い服を着た女たちだったが、『やったぜ・ベイビー』を混ぜた酒を飲んだ途端に、半ばストリップショーを始めてしまった。

やんやの歓声をあげて、マイクロミニを捲《めく》ったり、トップスを脱いで、ブラジャー姿になったりした。

そしてほぼ全員がパンツ一枚になったところで、一斉に小栗に抱きついてきたのだ。

リーヤ・コンマオのＶＩＰルームがたちまちハーレム状態になってしまった。

小栗はこれで行けると踏んだ。

（ふふふ……）

思わず笑みがこぼれてきた。

早朝のうちにやってきたのは、この『やったぜ・ベイビー』をアイスティーにこっそり混入させておくためである。

終わった後の乾杯などで、こっそり入れるのは難しい。

ここは六本木のクラブではない。ボーイをたらし込んでおくわけにはいかない。同僚たちの視線も気になるところだ。

小栗は考えた末に、よい方法を発見していた。

海の家では、アイスティーとアイスコーヒーの取り置きを冷蔵庫に保存しておくことになっていた。

朝のうちにほぼ一日分の消費量を想定して、幾つもの二リットル容器に詰め込んでおくことになっていたのだ。

南銀座麦酒は零細ながらも飲料メーカーだ。

先週の現地ミーティングで、他社のインスタントは使わない方針を立てたのだ。

結果、朝のうちに、コーヒーと紅茶を作り、それぞれ十本のプラスチック容器に小分けして、保存しておくことになっていた。

小栗は、その役を買って出ていた。

（初日に一気に澄ちゃんを落として、この夏中、セックスをやりまくりたいっ）

プリミティブな願望だった。

最後に使うだろう容器に粉末を混入させて、それを澄子が飲むように仕向けようと計画した。

ビールだけではなく、ティーかコーヒーのどちらかは飲むはずである。

若干の賭けではあるが、ティーの一本に『やったぜ・ベイビー』を混ぜることにした。

小栗はネルでドリップしたコーヒーと、網で落としたダージリンをそれぞれ二十リットル作った。容器に小分けしていく。

冷蔵庫の一番奥に入れるティーに粉末を混入させた。のちのち容器を間違わないようにマジックペンで☆印をつけた。

犯罪めいていて、ちょっと手が震えた。

(通販で普通に買えたものだ、違法なものではあるまい)

そう心に言い聞かせた。

入れ終えて、大切な一本を大型冷蔵庫の一番奥に隠そうとしたその時だった。まだ誰も来るはずもない時間だったのに、扉があいた。

「おっはよう。あれっ、小栗君早いねっ」

経理部の武田陽子だった。白いミニワンピを着ている。

「なんで、陽子さんが?」

陽子はプロジェクトスタッフではないはずだった。

「売上金チェックと回収。経理部の役目なの」

「それって、夕方来ればいい話じゃないですか?」

「初日だから、応援に来たのよっ。小栗君こそ、こんな朝っぱらから、ひとりで何やってんの? 現地出勤時間にまだ一時間も早いわ」

「俺、アイスドリンク仕込み担当になったんです。で、いま本日分を作り終えたところ……」

　正直、かなり慌てたが、小栗は平静を装って、粉末を入れたばかりの容器を指さしてみせた。

「あら、おいしそうじゃないっ。私、鎌倉駅から歩いてきたから、喉が渇いたわ。一杯いただく……」

　陽子が勝手に棚からプラスチックカップを取り出して、注ごうとした。

「うわっ。陽子さん、待って。それまだ、冷えていないから。こっちの冷蔵庫に入っている容器から飲んでっ」

　一気に、額の上に汗が噴き出した。

（いま飲まれたら、やばいことになるっ）

「陽子さん、ほら、こっちの冷えたティー入れます。いまクラッシュアイスも足していい按配にしますから」

　小栗は急いで専用の冷凍庫からアイスを取り出した。

「いいのよいいのよ。本来なら、キンキンに冷えたティーより、出来立てのホットにクラッシュを入れるのが正しいんだからっ。ありがとうアイスだけ、いただく」

陽子が『やったぜ・ベイビー』入りのティーを注いでしまった。その上にクラッシュアイスを加える。

(あぁぁぁ……。まじ、飲んじゃうんですか?)

小栗は呆気《あっけ》にとられた。

陽子は、喉を鳴らして、飲んでいる。

(いや、あの、俺、知ーらねっ)

数分後、案の定、武田陽子の目の下が、ねっとり赤く染まってきた。最初はクリクリと動き回っていた瞳も、トロンとなってきた。

(だから……俺は、知らねぇ。あんたが勝手に発情しても、知らねぇぞ)

陽子と言えば、五階の管理部門のおっさん社員を全員食ったことでも知られている、つまり大の付く肉食姉さんだ。

おっさん社員たちも、これ以上あからさまになるのは、勘弁して欲しいらしく、それぞれが、別の相手に押し付け合っているという噂《うわさ》だ。

もちろん真実のほどはわからない。

つい先だっても、社の目の前の居酒屋『大東京食堂』で管理系のおっさん社員たちと飲み会をやっていたところ、飯島雅彦が飛び込んで来たので、おっさんたちは、渡りに舟とばかりに、飯島に陽子を押し付けたという。

飯島がやったかどうかは知らない。

しかし、その飯島雅彦とイタリアンレストラン『ゴッド・ファーザー』でランチをしていた時に、痴女めいたことをしてきたのも、陽子だ。

あの時は、飯島に前夜の北山麻里子とのことを詰《なじ》られて、勃起してしまっていたのだ。

（麻里ちゃんに唆《そそのか》されて、やっちゃったとはいえ、凄《すご》く昂奮《こうふん》したもんなぁ）

想い出しただけで、バキバキになってしまった。

そこにちょうど陽子の手が伸びて来たのだ。

そりゃ、こっちも触り返したくなるのが、人情だ。小栗は、自分も陽子の股間に指を押し込んだのを想い出した。

2

「小栗君っ、このまえ、私のまんちょんっ、いじったわよねぇ」

ねっとりとした視線で、股間から、胸板、顔の順に見つめられた。歳上《としうえ》女子の舐《な》めるような目線。かなりヤバい気分にさせられた。やべぇ。

『やったぜ・ベイビー』が効いたのかも知れない。

「あれは、先に陽子さんが、手を伸ばしてきたから」

言い訳をした。

「だったら、私が痴女みたいじゃないっ」

眉根《まゆね》を吊《つ》り上げている。妙な威圧感があり、小栗は逆らうことをためらった。自分も相当わがままな方だが、この人はさらに上をいっている。

歳よりも、エロ歴の差と言えばよいのだろうか。

――人間、やったセックスの数だけ、人としての重みがある――

小栗の父親旬平《しゅんぺい》の座右の銘だ。

裕平は、そのことだけは頑《かたく》なに信じていた。

武田陽子の白のミニワンピは、よく見ればプラダのホワイトシルクだった。足元は、やはり白のフェラガモのヒールパンプス。

銀座中央通りを四丁目から八丁目にかけて歩くのにはふさわしい格好だが、湘南の海岸にはどうなんだろう？

その格好で、腕組みしたまま言われた。

「ちょっと、海岸歩かない？」

「あの、陽子さん、プラダにサルヴァトーレのピンヒール履いて、砂浜歩くんですか？」

「悪い？　それより、ビーチを歩けば、私たち、いい感じになれると思うんだけど」

　陽子の提案に、小栗はほっとした。

　こんな早朝の由比ヶ浜を歩いたら、エロい気分なんてなくなるはずだ。

（さすが武田陽子は大人《おとな》だ。アイスティーのおかげで、ちょっと猥褻《わいせつ》な気持ちになったのを、散歩で転換しようとしているのだろう）

「付き合いますっ」

　小栗は陽気にもろ手をあげた。

　陽子の視線が股間を這っていたのはわかったのだが、勃起はしなかった。

　いまは、頭の中が星野澄子とセックスすることで、一杯だった。陽子とどうのこうのとは思わない。

　朝の空気のビーチへと出た。

　Tシャツにハーフパンツ、それにビーサンを履いた小栗が朝日を浴びた白い砂浜を歩くのはごく平凡な格好だったが、陽子の姿は悩ましかった。

ホワイトシルクのミニワンピは、見ようによっては下着だったし、照りつける太陽の光で、ボディラインが透けて見えている。

(裸より、エッチ臭い)

「小栗君さぁ、見てよ」

先を歩いていた陽子が、上半身を捻《ひね》って笑顔を見せた。なんかゴーダルとか、ルルーシュの映画のワンカットな感じ。

しかしこの人はシュールを超えて、とにかくエロい。

「見てますよ。だって、陽子さんのプラダ、完全に透けちゃっているんだもの。でも、どうして、薄手のホワイトシルクの下に、黒ブラ、黒パンつけちゃうんでしょう?」

「あら、私の身体《からだ》の話じゃなくてさ。ほら、この辺の砂浜のゴミ」

陽子が指で、足元を示している。女刑事のようなポーズ。

「はて?」

小栗は、そのあたりを見おろしながら、首をひねった。出来の悪い新米刑事のように頭を掻いてしまった。

「よく見てよ。女子のパンティが、いろいろ落ちているでしょっ。それにコンドームが散乱しているっ。凄くない？　ここ、やり場なのよ」

見ると確かに色とりどりのパンティや、時にはブラジャーも落ちている。砂の中に半ば埋まっているし、明らかな下着もあれば、水着と思えるものもあった。かなり大胆なビキニ。

「脱いで置いていった人は、どんな格好で、帰ったんだろうか？」

陽子が砂浜にしゃがみ込んで、捨てられている一対のビキニを眺めていた。

「そんな捜査して、何が面白いんですか？」

「妄想よ。昨夜、あるいは三日前の夜。そこを走る一三四号線では、ヘッドライトが行き交っているのに、あるいは沖合にはクルーザーも出ている中で、この砂浜で、バッコン、バッコン、やっているカップルがいたと思うと、私、ぐっときちゃうのよ」

陽子が股間を押さえて、左右の内股をくっつけて、揉《も》みこみ始めた。

砂の上で、とうとう膝立ちになってしまっている。

（朝っぱらから、そのポーズ、エロ過ぎるって。やっぱり媚薬、効いちゃった？）

「いやぁあああんっ」

陽子がビーチの上で、ミニワンピの裾を持ち上げた。

ふぁ～、と両手でたくし上げて、胸元のところで、手を合わせて、懇願ポーズをしている。

「ぁあぁんっ、うずうずしちゃった。小栗くーん。なんとかしてっ」

黒い細長いパンティが丸見えになった。

「無理っす。夜ならともかく、この明るさで、どうするんですか？ ふたりして、公然猥褻物陳列罪になっちゃいますよ」

「銀座のイタリアンレストランでは、パンティの真ん中を脇にずらして、コチョコチョしたくせにぃ」

陽子が大声をあげた。

そこかしこに聞こえるような、大きな声だった。

「しっ、しーぃ。んなこと、大声で言わないでくださいよっ。あれはほら、レストランのテーブルの下で、しかもクロスに覆われていたでしょっ」

「じゃぁ、隠れるところがあったら、小栗君、エッチしてくれるの？」

陽子の目がピンク色になっている。

（隠れるところ？）

小栗はビーチを見渡した。砂浜が広がっているだけだった。

「あの、いまから俺、砂でピラミッドつくれっていわれても、夜までかかりますけど……。だったら、夜にまた集合したほうが、楽ってもんで」

結局やるのを承諾しているようなものなのだが、一時凌《しの》ぎもしたかった。

（んんん？）

陽子が海を指さしている。

「へっ？」

「だから、あの中なら、見えないでしょう。少なくとも繋《つな》がっているのは……」

「海中ファックっすかぁ？」

「……という呼び方もあるか……」

やっぱりこの人は、エロ偏差値が高すぎる。

（俺、ちょい、ついていけないかも）

「小栗くーん、入ろうっ」

武田陽子は、まるでバスにでも入るように、白いミニワンピのまま、海へと向かって行った。波打ち際で、フェラガモのヒールを、ひょいと脱ぎ捨てた。一応揃《そろ》えて置いている。

(白い服だし……)
背中から見ている分には、入水自殺する乙女《おとめ》に見えなくもない。
(いやいや……あの人に限って、それはないと思うけど……)
小栗は慌てて、追いかけた。

3

朝っぱらというのに、すでに泳いでいる人間もかなりいた。
はしゃぎながら、ボディタッチを繰り返しているカップルも何組かいた。
海は夜でも朝でも、いやらしい。
もともと、裸同然になる場所なのだから、当然といえば当然だろう。
(やろうと思えば、手間がかからないのが、海ってもんだ……なーるほど)
小栗はTシャツとハーフパンツを身に着けたまま、ずっぽり海に浸《つ》かっていた。
それでも自分はまだいい。陽子はプラダのミニワンピのままだ。
海水の圧力で押し上げられて、ワンピが捲れていた。
「海に入るとさ、自分で捲らなくていいから、楽よね。私、いま海中で、ブラジャーとパンティだけの状態……」

足は付く位置にいたが、お互い立ったままでも、すっぽり海水に身体が埋まっていた。小栗は胸の乳首のあたりまで。陽子は肩まで入っていた。

「もったいなくないですか？　高級ワンピース」

立ち泳ぎしながら言った。

「小栗君ほどのお坊ちゃまに服のことを言われるとは思わなかったわ。あのね、女も年季を積むと、わくわくするエッチをするために、惜しい服なんてなくなるの……」

「同感だ。俺もセックスするなら、ブルガリも惜しくない。手段も選ばない」

びしょびしょに濡《ぬ》れた、腕の時計を見せた。

「さすがね。エッチがすべてに優先するって考え方ね。私たち同類だと思うよ」

陽子の身体が、微妙に揺れている。パンティを脱いでいるみたいだった。左の肩が下がっているかと思ったら、今度は右の肩が下がった。

片足ずつ、抜いているみたいだった。

「できたっ」

陽子が両手を上げた。

ぷかぷかと黒パンティが、浮き上がってきた。

「脱いじゃったんだぁ」

海面に浮かぶパンティに目を凝らした。股布の部分が裏返って、浮かんでいる。

「私、超恥ずかしいんだけど」

陽子は見ようとせず、天を仰いでいる。

裏返った股布。黒地に、真っ白な液がべったりついていた。

「まん汁って、簡単に、海水に溶けないんですね……。しかも汁の形が、薔薇《ばら》の花びらみたいになっている。武田さんのって、そんな形しているんですね。つまり、ビラビラ大きい……」

そこまで言った時に、陽子が突然近づいてきて、

「それ以上、言わないで……」

と、唇を重ねられてしまった。

肉厚の唇で覆われて、長い舌を巻き付けられた。じゅるんじゅるん、掻き回される。下だけではなく、口の中のありとあらゆる粘膜と歯を舐め回される。

小栗も唾液を送り返し、必死に防戦するが、陽子の舌は、トビウオのような勢いで動き回る。

「んんっ……ふふぁぁ」

息が止まりそうになったところで、ようやく唇を離された。

いつの間にか、ハーフパンツのファスナーの上から肉棹を撫《な》でまわされていた。

「ビンビンっ」

「下だけ取っちゃえば?」

陽子に唆された。陽子のほうがすでに、海水の中でノーパンになっているので、ここは、引くわけにはいかなかった。

小栗はハーフパンツと、トランクスを急いで脱いだ。どちらも当然浮かび上がってきた。

「小栗君、トランクス派手っ」

海面に星条旗柄のトランクスが浮かぶ。こんな局面で、海に浮かべてしまうとは思っていなかった。今夜、星野澄子の目の前で、鮮やかに見せるための、勝負トランクスだった。

星条旗柄トランクスと黒パンティが、ゆらゆらと沖の方へと流れて行った。はしゃぎ合っている別なカップルの間を縫って、はるかかなたまで流れている。

「フルチンになった?」

「なった、なった。この格好で、引き潮とかになったら、最悪なことになりますね」

というより、どうやって浜辺に上がるかが、いつか来る問題だった。

「後先のことなんて、どうでもいいのよ」

陽子が首に両手を絡みつかせて抱きついてきた。

「一気ハメっ」

「まじっすかっ」

「海水の中で、指マンされるのは、中がしょっぱくなりそうで、いやっ」

「男子根なら、いいんですか？」

「密閉されるでしょっ」

「そういうことですか……」

陽子が首に手を巻きつけたまま、両脚を浮かせて、足首を小栗の尻裏に巻きつかせてきた。尻たぼを、踵《かかと》で軽く押される。

「うわっ。いま。亀頭がチョンって、当たった。毛チョン」

当たったのは陰毛部分。

ここの毛を、おっさんたちがワカメって呼ぶ意味がわかった。ヌルヌルでふわふわ感もある。

「ヌルふわっ」

　思わず口走った。

「だったら、小栗君は、硬《かた》ぷっくり」

（どういうこった？　俺の亀頭の感触、そんなかよっ）

「……というか、この体勢、水中、駅弁ですね」

　気を取り直して、陽子の尻に両手をあてて引き寄せた。

「海の中って、浮力があるから、男の人も楽でしょう」

　と陽子。このひと、海中エッチの経験も、かなり積んでいるらしい。ゆらゆらと、尻を動かしながら、接点を探している。

「んんっ。いまマン縁に小栗君のチン先が軽くあたった。ちょっと、ふらふらしているわね。酔っぱらった部長の揺れ方……」

「俺のちん先、意外と軽いっすねっ」

　黒紫色に腫《は》れているはずの亀頭だけれど、海中なので、ゆらゆらと揺れて、方向が定まらないのだ。

「待って、私の方から、入れてみる……なんか、わくわくするね」

陽子が腰をくねくねと動かした。股間を動かしながら、ちょっとだけ、恥ずかしそうな顔をした。その表情が、案外可愛らしかった。

「あんっ」

接点を合わせようとする女陰に、亀頭が擦られた。

「おぉお」

くにゃくにゃとした襞《ひだ》に包まれる。粘膜面が亀頭に対して水平な角度に上がって来た。小栗もくいっ、くいっと、尻を上げ下げする。

「んんっ、くわっ」

亀頭が窪《くぼ》みに嵌《はま》り込んだ。

「ここよ……。そのまま、押してきてっ」

「了解っす」

冷たい海水とは別の、熱を帯びた蜜液が湧き出ている一帯めがけて、小栗は肉杭の尖端《せんたん》を押した。

メシベにチンポを押し付ける瞬間というのは、男にとって、最高に昂奮する瞬間だが、海中となれば、気分はさらに高揚した。

「ぬぅううう」

はち切れんばかりに勃起した肉幹を、溢れる蜜を押し返しながら、淫穴の中へズブズブと挿し込んでいった。

「あぁあっ」

陽子も、もう待ち切れないとばかりに、股を打ち返してきた。

ぬっぽり。亀頭は淫穴に嵌り込んだ。

「ぁあっ、とうとう入っちゃった。小栗君のおち×ちん、私の中にズッポリ入っている」

感極まった声をあげ、陽子は濡れた髪の毛を振り乱した。あたりに滴《しずく》が飛び散り、同時にぴったり嵌り込んでいる肉幹を圧迫された。

女の肉層に潜り込んだ男根の根元が小陰唇に、にゅるにゅると包み込まれた。

海中挿入は、実にいい気持ちだった。

(海藻《かいそう》にチ×ポを埋めた感じ……)

そんな感じでもある。中に納まっている棹も、根元もニュルニュルする。

身体が冷たい海水に包まれているので、膣層の中にいる棹だけが、温かく、しかも、くにゃくにゃの肉襞に揉まれているので、えも言われぬ快美感に包まれている。

「いやぁ、たまらないっす。あったかいんだもの……」

歌いたくなるほどだった。

「じゃぁ、このまま、動かしてっ。小栗君、がっつんがっつん、動かしてよっ」

陽子が膣路の括約筋を収縮させてきた。亀頭がくしゃっ、と潰されるような、痺《しび》れが背筋にまで走る。

「おぉおっ」

小栗も陽子の尻をしっかりと抱き、大きな律動を振る舞ってやった。

ざぶっ、ざぶっ、陰部を擦り合うたびに、周囲に波が立つ。

「ぁあぁんっ。海の中で、突かれるのって、すっごく昂奮するぅ」

陽子は、青空に向かって、喘《あえ》ぎ声をあげた。カモメが、宙返りを打つ。のんびり飛んでいたので、驚いたらしい。

「これ、かなりすごい野外プレイですね」

小栗も夢中になった。

肩から上だけのふたりを見れば、波と戯れている、バカップルにしか見えないだろう。

ところが、海面下では、性器を丸出しにして、繋がり合っているのだ。

誰かが潜って、視界の良い海中を覗けば、浮いたままの腰をしっかり密着した男女を見ることが出来る。

「あっ、んっ、んっ……。ブラジャーがじゃまくさくなってきた」

陽子が小栗の首に巻き付けていた両手を離して、背中を海面に付けた。背泳のスタイルだ。

「ブラジャー取るの……」

「俺がやりましょうか?」

「いいの、小栗君は、私のお尻、しっかり押さえていて」

陽子が、白ワンピースを捲り上げて、背中に手を回しながら言っていた。ついでに、ぎゅうっと膣穴を窄《すぼ》められた。

「んわっ」

「穴と棒が離れたら、まずいわよ」

小栗は呻《うめ》いた。呻きながらも、肉棒を押し込んだ。

少し波が高くなってきていた。

接点が繋がれていなければ、お互い別々なところに流されてしまうかもしれない。

「わかりました。しっかりチン棒を挿して、武田さんが流されないようにします」

ぐんっ、ぐんっ、と腰を押して、亀頭を子宮に当たるまで、突っ込んだ。

「あんっ、いぃっ」

陽子が眉根を下げる。ブラホックをやっとの想いで、外したようだ。

小栗は肉棒を打ち込みながら、ふと別なことを考えた。

(挿入は、海難救助にも役立つかもしれない……)

海に投げ出された遭難者が、波に流されて、散り散りになりそうになったとき、勃起した男根を女性の中心に挿して食い止めるのだ。

そして片泳ぎをしながら、女性たちを岸まで曳航《えいこう》するというのはどうだろう?

勃起さえすれば、誰でも人助けが出来るのだ。

(おぉ、これはすぐに海上保安庁に提案するべきではないか?)

そしてインサート救助隊を整備して、彼らを通称「嵌《は》め猿」と称することにするのだ。

(我ながら、かなりいいアイディアだと思う)

「あぁあ、ちょっと、小栗君、グイグイ押しすぎ、気持ち良すぎて、ブラが取れない」

陽子が肉を繋げたまま、上半身を思い切り、伸ばしたので、棹の全長が、ぴっちり嵌り込んだ。

「この体位がいいです。武田さん身体が浮いているので、律動させやすいです」

「ぁあぁ、もう私、どうされてもいいっ。乳首も刺激してっ」

「了解しましたっ」

　小栗は腰を振りながら、片手を陽子のバストに伸ばす。ホワイトシルクのワンピを首まで捲り上げたら、桜色の乳首が、波間に揺れていた。真夏の陽に照らされているとはいえ、海水に浸かったままだ。乳暈《にゅううん》は縮んでもいる。右の乳首に、指を這わせると、カチンコチンだった。

「いやっんっ。いつもの、倍、感じるっ」

　触ると乳首はさらにしこった。周りの乳暈が粒を浮かべて、乳首はきゅーんと窄まった。

　男の本能として、この乳首を、思い切り虐《いじ》めたくなる。片側ずつ手を伸ばし、交互に摘《つま》んだ。

「あぁああ、いいっ」

　最後に左右どちらも、乳首が平板になるのではないかと思うほど、潰したら、陽子は淫穴から、どろりとした白濁液を漏らした。肉棒を押し上げてくるほどの粘汁圧であったが、亀頭が抜けるのは、どうにかこらえ切れた。

「んんんっ、小栗君、感じちゃうっ。もっとどんどん突いてっ」

その言葉に挑発されて、小栗は男根律動の最終コーナーに入った。

「あっ、いいっ、鰓《えら》で擦れるぅ。あんっ、まんちょん、飛んじゃうかもっ」

陽子は訳のわからない言葉をいくつも並べ、顔、上半身を激しく振り、時々浮き上がる踵で、海面を何度も叩《たた》きつづけた。

小栗と陽子が交合しているあたりだけが、激しい波しぶきの上がるポイントになった。

「あぁん、いやんっ、いくっ、いくってばっ」

膣が何度も収縮し、子宮が伸びあがってくるのがわかる。頂点が間もなくなのは確実だ。

「ぉおおっ、俺も、出るっす」

小栗も切羽詰《せっぱつ》まった声を上げた。じゅっ、としぶいた。肉層の中で、蜜と精汁が混濁する。水中交合の面白いところは、双方の陰部から漏れた液体が、すべて海面に浮きあがってくるので、欲情の状態が、手に取るようにわかることである。

「んんんんっ。小栗君も、気持ちよくなっているね」

「なっています。もうダメです。出る、出る、出るっ」

「ぁあああ。一緒に、いっくぅうううううううう」

陽子がバタバタと足を動かした。もがきながら、上半身を起こして、ふたたび、小栗の首に抱きついてきた。

波が上がった。輪状に拡《ひろ》がっていった。

「おぉおっ」

小栗は尻たぼを窄ませ、太腿《ふともも》を激しく痙攣《けいれん》させた。夥《おびただ》しい量の精を放出させる。

最後の一滴を絞り出しながら、ついに雄叫《おたけ》びをあげた。

陽子もがっくりと首を後ろに倒して、涎《よだれ》を垂らしていた。

「私……いっちゃったよ」

蕩《とろ》けた瞳になっている。

（なんて、素敵な人なんだ……）

いつまでも、陽子の膣穴の中に、肉幹を埋めていたいと思った。

小栗は、すぐに抜く気になれず、挿入したまま、陰茎が萎《しぼ》むのを待つことにした。

自然に抜けるのを待つのだ。

その間、ぼんやり、水平線を眺めることにしよう。

陽子の肩越しに、数メートル先の波間に星条旗柄のトランクスと黒いパンティが浮かんでいるのが見えた。

(仲良く海を泳いでいるなぁ)

その手前にサーファーがひとり、波に乗ろうと、ボードに腹這いになりながら、前進していた。

パドリングしながら、徐々に波に向かっている。

(俺らの、下着に絡まなければ、いいんだけどな)

小栗の陰茎はなかなか萎まなかった。

サーファーが中立ちになって、押し寄せてくる波に一気に乗ろうと、ボードのノーズを斜めに構え直した。

立ちあがった。

いい波が来ていた。小栗は心の中でサーファーに声援を送った。

(乗っちゃえ)

サーファーも同じように思ったのか、すっくり、と立ち上がった。

なぜだか、小栗の陰茎も直立した。

「あぁぁ。小栗君、おかわり?」

「ええ、あっ、いやっ……はいっ」

そんなつもりではなかったのだが、勃起したのだから、頷《うなず》くしかなかった。

陽子が腰をブルンと打ち返してきた。ふたたび小さな波を送ることになった。

「わっ」

そんな声を聞いた。サーファーがこけていた。

ザブンと波間に落ちたサーファーボーイが、ふたたび海面に顔を上げた時、頭に星条旗柄トランクスが乗り、頬に黒パンティが貼りついていた。

(申し訳ねぇ)

胸の中で手を合わせながら、小栗は腰をふりつづけた。

4

星野澄子は、渋々水着姿になったが、ワンピーススタイルにしていた。

どうしても、ビキニは着る気になれない。理由は簡単だ。

(陰毛の真上にホクロがあるのは誰にも知られたくないっ)

ビキニを着たくない理由は、実はそれだけだった。

セックスをした男たちも、初めて見た時に、必ずそこをじっと見つめる。中には

無神経な男もいて、

『クリトリスと双子?』

とかって言われたりもした。確かに同じぐらいの大きさだった。

『擦ると、大きくなるの?』

と摩擦してみる男もいた。かなり気に入っていたのだが、その場で頬を打ってやって、別れた。

子供の頃から、このホクロが気になってしょうがない。

陰毛から、八センチぐらい上で、本当にクリトリスの真上に位置している。

だからそのホクロが、

『この下、淫核、まん穴、あり』

と、教えているようなものなのだ。

これを隠すビキニというと、どうしても大きなパンツになってしまう。それではカッコ悪すぎるというものだ。

ミニスカートすら穿かないのは、太腿にもホクロがあるからだ。

スカートが翻《ひるがえ》る時に、誰もがパンティを見る以上に、そのホクロを凝視した。

太腿のほぼ付け根に位置するそのホクロは、まさにスケベボクロの様相で、そこを見つめられると、どうしても濡れてしまうのだ。

今日は、こっちの方は露出させると覚悟を決めた。

見つめられて、まん処《しょ》が濡れてもわかりづらいように、黒のワンピーススタイルの水着にしていた。ネイビーやスカイブルーだと、スクール水着のようで、さすがに抵抗があった。

黒。しかもサイドにゴールドのラインが入っている。ちょっと見には、ゴージャス系な感じがするタイプだ。

ただ、これがこの場にマッチしていなかった。

「なんかさぁ、星野だけ、銀座ホステスって感じじゃない？」

「夜っぽいんだよなぁ」

宣伝部の男子同僚たちに、口々に非難されて、仕方がないので明日からは、同じワンピースでも、白とか黄色とか、とにかく海辺にマッチするものにしよう。

営業部の飯島雅彦が仕込んできたビキニウエイトレスは、五人が五人とも、スタイル抜群で、嫉妬する以上に憧れてしまった。

飯島雅彦のことは、実はかなり前から、意識していた。

（彼ってなんとなく、調子の良さそうな感じだけれど、実際は繊細で、女子に優し

そうなタイプだと思う）

少なくとも正直、自己中でしかない御曹司小栗裕平はパスだけど、飯島雅彦の方は、いいと思う。

（だけど、私、オナニー見られちゃったんだから、アウトだ）

もとより雅彦には、大学時代からずっと付き合っている彼女がいるということだった。同棲《どうせい》しているという噂も耳に入ってきている。

好きになっても、自分が傷つくだけならば、接点などないほうがいい。

澄子は、あえてバリアを張ってきていた。飯島雅彦には、いつも憎まれ口を叩いてきたのだ。

それにしても、三週間ほど前、夜になって社に戻ってきた雅彦が、この自分の背中で、勃起しているのには驚いた。

実はあの夜が大チャンスだったのだ、と振り返ってみれば気づく。

彼は尿意だと言っていたが、そんなことはないと思う。

（トイレに走り込みたい人が、私の後ろにずっと立っているはずがない……）

発情されたことが、ちょっぴりショックだった。

発情よりも、まず愛情を注がれたい。それが女心というものだ。

（この会社の人たちは、みんなエッチすぎるっ）

彼女持ちの健全な男だと思っていた飯島雅彦が、あの日、社のビルの目の前で、経理部の武田陽子とキスしていたのも、大きなショックだった。

（男の人って、やりたくなった時は、誰でもいいの？）

その次の日は、さらなる衝撃が待ち受けていた。

ランチのレストラン。ひとりで行くと、飯島雅彦と小栗裕平が差し向かいで、口論していた。澄子が相席でセットされると、口論は止《や》んだが、次にやって来た武田陽子も相席となり、なんと隣り合わせた、小栗裕平と武田陽子が、テーブルの真下で、股間を触り合い始めたのだ。ふたりが知らないだけで、テーブル越しにもはっきり見えていた。

澄子と雅彦が目の前にいるのに、ふたりとも平然と、指ちん、指まんをしていたのだ。

見ていて息苦しくなり、アイスティーのカップを床に落としてしまったほどだ。

（私の代わりに飯島先輩がカップを拾ってくれたけど、彼もふたりの様子を見たはずだ）

誘発されて、飯島に自分が触られるのではないかと思った。

さすがにそれはなかったが、澄子は淫気に当てられ、どうしようもない気分にさせられてしまった。

社のデスクに戻っても、小栗先輩が武田先輩の股の奥に指を挿し込んだ淫景が網膜から消えず、PCに向かっても、悶々《もんもん》として、フライヤーのデザインにも集中できそうになかった。

熱を冷まそうと、給湯室にコーヒーを淹《い》れに行ったのがいけなかった。

コーヒーメーカーからカップに注ごうとした時、シンクの角に股間を挟みこんでしまった。かっつん、と淫芽に鋭角が当たってしまったのだ。

(あっふんっ)

と、胸の中で呟《つぶや》いたのを想い出す。淫気を催しているところで、角にクリちょんしてしまったのだから、もう後戻りできなかった。

給湯室でオナなんて、最低だ。

男はいないので、セックスはしていないが、ひとりエッチはよくやる。

(女子って、たぶん、みんなそうじゃないかしら?)

十代の頃は、みんな猛烈にひとりエッチしていたはずだ。

『白いシーツを愛液でぐちょぐちょに濡らして、母親に悟られないように、さっさと自分で洗濯していました』

という類の話は、最近、女子会でよく語り合われる、青春の思い出話だ。

まさに桃色の性春だ。

話は戻るが、この二年、セックスはしていない。

大学時代に付き合っていた彼氏と別れて以来、セックスはゼロだ。

こちらは本当だ。

（私はお酒の勢いでは、やれない性格なのだ）

酒が強すぎて、乱れないせいもあるかもしれない。

飲むと多少は眠くはなるが、あまりいやらしい気分になったりはしない。

単純に、もっと飲みたくなるだけだ。お酒は好きだ。だからビール会社に就職したのだ。

（そんな私でも、いやらしい気分になる時はある……）

他人同士のエロい状態を見た時だ。

居酒屋、バーとかの飲み会に行くと、時々ベロンベロンに酔って、キスしたり身体をまさぐり合っている男女に出くわすことがある。

胸とか揉まれて、女子側も、男子の股間に手を伸ばしているのとかを見たりしたら、もうダメだ。自分の股の真ん中が、もやもやしだして、いてもたってもいられなくなる。

すぐにオナニーをして、果ててしまわないと、一歩も歩けないほど、淫処が濡れてしまう。

だからあの時も、しょうがなかったのだ。

まん穴にクシュクシュと音を立てて出入りしている男の指と、そそりたっている肉茎に絡まっている女の細い指を見てしまったのだ。

自慰をしなかったら、息絶えてしまいそうなぐらい、昂奮させられてしまった。

(偶然だけど、角にクリちゃんが当たってしまった以上、擦るしかなかったのよ)

股溝を、ステンレスの角に擦りつけて、三十往復ぐらいさせて、やっと果てた。

その瞬間を、飯島雅彦に見られていたのだから、人生が終わったようなものだ。

あれ以来、言葉を交わしていない。

今日も、朝から顔を合わせながら働いているのだが、雅彦が語りかけてくることはなかった。

それはともかく、海の家というのは、露出度の高い人間たちが集まっているので、健康的な空気を漂わせつつも、どこかエロい。

雅彦が仕込んだビキニウエイトレスたちも、かなりきわどい水着で動き回っているが、客としてやって来る女たちは、それ以上に凄かった。

バックから見た場合、尻の割れ目が見えるのは、当たり前。尻たぼの、ほぼ上半球が露出された子ばかりだった。

正面から見れば、バストはギリギリ乳首が隠れる程度の布で覆われているだけだ。下半身はもっと凄い。股間のVゾーンをシールで貼った程度の水着を着ている子が多い。一センチずれたら、多分、薄茶色の襞がはみ出てしまうだろう。

そんな女性客が常時五人ほど、このギンギンハウスのデッキ風ハウスで、脚を組み換えながら、ビールを何杯も飲んでいる。

その光景の眩《まばゆ》さにつられて男客たちも、どんどん入って来る。

女性客目当てにやって来る男たちは、澄子をさらに困惑させた。

男たちも、ぴちぴちの海水パンツを穿いてきているので、股間がやけにもっこりして見える。

（それでも、萎んでいればまだいい……）

ぼんやり膨らんでいるぶんには、リアリティは乏しい。

（けど、みんな、店に入って来るなり、勃起してしまうんだな、これが……）

男子の股間――いきなり、にょっきり、一直線になる。

ビールを飲んで、上気した女子たちが、挑発するからだ。

挑発の仕方が凄い。さりげなく股を拡げて、ミネラルウォーターを溢《こぼ》すのだ。

股間、びっしょ濡れ、割れ目はくっきりとなる。

つまり、南銀座麦酒海の家ギンギンハウスは初日の午前中から、勃起と割れ目でごった返していた。

澄子はむらむらしたまま、夕方を迎えた。初日は、日没で営業終了となったので、早めに解放された。

来週からは、本格的な夏休みが始まり、大学生が大挙して押し寄せて来るので、閉店は夜九時となる。

（いまのうちに、身体を馴《な》らしておこう）

会社が用意したアパートにすぐに帰るのはやめにして、夜の海岸を散策することにした。

日が落ちたばかりの浜辺は、一見閑散として見えた。黒のワンピース水着のまま、由比ヶ浜をぶらぶらと歩く。

（えっ？）

薄暗がりの浜辺のあちこちから、呻き声が聞こえる。

目を凝らすと、五メートル間隔ごとに、無秩序に横たわったカップルが、抱き合っていた。海岸通りを走る車が、ヘッドライトを点灯し始めた頃なので、時おり、その光に照らしだされて、半裸の男女が何組も目に飛び込んで来た。

「すみませんっ、あっ、こっちも、ごめんなさい」

乳首を吸われて、うっとりとしている女性の足を踏みそうになって、謝り、あわてて後退《あとずさ》りすると、すでに騎乗位で合体しているカップルの彼女の尻を、ふくらはぎで押しそうになってしまった。

「いやんっ」

澄子は渚を飛び交うように進まなければならなかった。

猛烈な淫気が襲ってきた。

(こりゃ、だめだ、まんちょの穴を掻き回さなければ、とてもアパートには帰れないっ)

水着の股を押さえて、海に飛び込んだ。隠れて、まんちょ触りするには格好の場所だった。

浅瀬で、和式トイレに入るみたいな格好になった。立ち上がると、膝ぐらいまでしか浸からないのだが、しゃがむと、腰から下が海にすっぽり隠された。火照《ほて》った股の間を、いきなり冷たい海に付けたので、じゅっ、と焼石に水を掛けたような音がした。

（あぁあ、穴の中を、グルングルン、搔き回したいっ）

急いでワンピース水着のクロッチをずらして、生まんちょんを露出した。海水に触れても、ひんやりとはしなかった。むしろヌルりと溢れ出た蜜液に、海水のほうが、生温かくなった感じだった。

明朝には、また海水浴の客たちが泳ぐだろう海に、まん汁を流すのは、いかがなものかと、思うけれど、腫れた淫核と潤みきった膣層は、なにしろ摩擦しないことには、収まりがつきそうにない。

（澄子、擦りますっ）

胸底で小さく叫び、気合を入れた。

夜の海に、どっぷりと浸かった肉裂に指を這わせた。海の中でも、まん処はやっぱりヌルヌルして温かだった。右手の人差し指で縦溝を擦りたてた。左手の人差し指と中指で、小陰唇を開く。

真っ暗な海に、時おりサーチライトの光が届く。陰毛が海藻みたいに、もじゃもじゃと蠢《うごめ》いているのが見えた。

（ああん。飯島先輩っ、どうせなら、澄子のオナニー、直接見てくださいっ）

妄想した。実際に、そんな行動がとれるわけもないのに、脳の奥のどこかに、そんな願望がある。

（あああぁ）

浜辺にいるカップルの一組が、後背位で、猛然と交接していた。四つん這いになった女の尻を鷲掴《わしづか》みにした男が怒濤《どとう》の勢いで肉杭を抽送《ちゅうそう》している。

そのリズムに合わせて、澄子も人差し指で、膣内を摩擦することにした。指を入れる。ぬぽっ。ふんわり、泡が浮かび上がってきた。

（あんっ、いいっ、もっと激しくしてっ）

脳内に、飯島雅彦に突かれている像を置き、そのまま、ひたすら指を出し入れした。じゅぽっ、じゅぽっ、途中から、じゅ、じゅ、じゅ、と抽送が早くなる。

（あぁん、うわんっ、澄子、いっちゃうぅうってば）

決して、言葉にはしなかったが、胸底では喚《わめ》きまくった。

（うぅうぅ。いくっ）

あたりに激しく、波紋が拡がっていた。

気が付けば、最後は右手の人差し指を根元まで挿し込んで、左手の親指で、クリトリスを押し潰していた。

果てた。

かなりすっきりした。

水着のクロッチを元の位置に戻して、立ち上がろうとした時、下着のようなものが二枚流れてきた。

見ると、真っ黒いパンティと、星条旗柄のトランクスだった。

(海の中で、脱いじゃったんだ……)

近くの海中で、交接しているカップルがいると妄想しただけで、頭がまたくらくらとしてきた。

澄子は、ふたたび水着のクロッチを脇に寄せた。

(ごめんなさい。また、まん汁、流しちゃう……)

そのまま、今夜二度目の、指搔きをした。

(飯島先輩に、女としてのアピールをする方がいいのかな)

もっと素直な気持ちになりたいと願うように、澄子は指を激しく動かした。

第五章　思い過ごしも恋のうち

1

七月十八日。オープンして最初の土曜日がやって来た。

「ぇえっぇっ」

飯島雅彦は、左隣にあった南欧風の海の家がいきなり看板を上げたのを見て、腰を抜かした。

「よりによっててっ」

出店企業は、花吹雪化粧品だった。

別れたばかりの北山麻里子は、花吹雪化粧品の宣伝部に所属している。ここにやって来ないとも限らない。

（湘南の海で再会なんて、気まずすぎる）

夢とか希望に満ち溢《あふ》れた、真夏の浜辺で、別れた女となんか、会いたくないものだ。どうせ再会するのなら、晩秋の鄙《ひな》びた駅とか、真冬の誰もいない映画館とかいうのがいい。どちらも、若干落ちぶれた感のある場面で、再会するというのが、劇的なのだ。

そんな、雅彦の勝手な再会のシミュレーションは、五秒後に打ち砕かれた。

「雅彦っ。やっぱり会っちゃうと思ったんだけど、早かったわねぇ」

振り向くと麻里子が立っていた。

ロイヤルブルーのサンドレスに、白いつば広の帽子。花吹雪化粧品の社員というより、避暑地のお嬢さまって感じだ。

「よぉ……」

片手をあげて、頷《うなず》いたものの、雅彦は無愛想な表情を浮かべた。

「休憩時間になったら、ビールを一杯、いただきに行くわ」

「来なくていいよっ」

「まぁっ、相変わらず、感情的っ」

麻里子はくるりと背をむけて、白い帽子のつばを押さえながら、自社の店への階段を上って行った。

階段を上る腰つきが、くねくねしていて、エロティックだった。

久しぶりに出会った北山麻里子は、付き合っていた頃よりも、あきらかに熟れた印象を受ける。

振り撒《ま》く色香も、あの頃よりも、はるかに濃厚になっている感じだ。

（新しい男が出来たのだろう。たぶん相当な歳上《としうえ》。もはや俺のような若造に興味なんかないだろう）

すでに心の中から削除していたこととはいえ、再会してしまえば、また屈辱感が甦《よみがえ》る。捨てられた男の傷とは、想像していたものより大きいのだと、あらためて知った。

雅彦は『ギンギンハウス』に入った。

自分の陣地のような気がした。うまくいかないことばかりだけど、星野澄子の姿を見ているだけで、気持ちが和《なご》んだ。

心の中で、澄子を意識して以来、まったく口がきけなくなっていた。

彼女がオナニーらしきことをしていたのを目撃してしまったのも、どう声をかけていいのかわからない心境になっていた。

（あれは、本当に、角まんだったのだろうか？）

股間をキッチンの角に付けて、両足を浮かせていた状態を何度も思い出していた。そのたびに勃起し、射精しなければ収まらない気持ちになっていたのだが、いま思うと、あれは幻だったような気もする。

（麻里子が交尾している姿を見たり、ランチ時に陽子と小栗の手まん合戦を見せつけられたりで、俺は頭がおかしくなっていたのかも知れない）

そうなのだ。星野澄子が、オナニーなんかするはずがないのだ。

店に視線を這《は》わせると、その澄子がトレイに瓶ビールを載せて、男性客に運んでいる。

どうしたことか、今日からセパレーツの黄色い水着を着てきた。ビキニといえるほどの極小生地の水着ではないが、昨日までのワンピース型よりははるかに露出部分が増えている。

臍《へそ》の上から下乳までが、素肌となっているのには驚きだ。

（どういう風の吹き回しだよ？　澄ちゃんも男ができたのかな）

突然、快活になった気がする。

「お客様っ。ギンギンハウスの、ビンビンビールですっ」

「おぉおお。ギンギンのビンビンっ」

サラリーマンらしい三人組の男が歓声をあげた。全員二十代後半の独身という雰囲気。おそらく湘南には、ナンパにやって来たのだろう。

澄子は社の方針に乗っ取ったユーモアのつもりで言ったのだろうが、男たちには誘惑とも挑発とも取れる物言いだった。

案の定、男たちが図に乗った。

「お姉さんに、ギンギンに、迫りたいっ」

もうすでに真っ赤な顔になっている男が、瓶を受け取るなり、血走った目を向けていた。

「おれは、もうこっちがビンビン」

別な男が自分の海パンの股間を指さした。

薄い生地を持ち上げるように、肉幹が直立している。たしかにビンビン。肉根に青筋が浮いているのまでが想像できる。

男の自分から見ても、目を覆いたくなるような卑猥《ひわい》な淫景に、澄子は困惑していた。頬を赤らめ、唇を震わせている。

勃起男には、顔をそむけながら、残りのひとりに『銀座一番』の小瓶をさしだしていた。

「お姉さんも、イイケッぽいじゃんっ」

その男がいきなり、手を伸ばした。

右腕をスーッと伸ばして、人差し指と中指を並べて、澄子の股間にあてがった。

女の船底に直接タッチ。ねちねちと二本の指をリズミカルに動かしている。

(うっそぉ〜)

雅彦は目を剝《む》いた。すぐに、澄子の方へ向かった。

十メートルぐらい離れたところから、小栗も猛ダッシュで、駆け寄って来る。

宣伝部の男子三人は、カウンターの中で、生ビールを注《つ》いでいたので、すぐには動けなさそうだった。

澄子は、その場に固まっていた。

セパレート水着のパンツ部分の股底に手を這わされたまま、太腿《ふともも》をぷるぷると震わせて、口を半開きにしている。

触った男も、どうしたわけか、口をあんぐりと開けていた。

「……お姉さん、洒落《しゃれ》になんねぇ。まんちょが、ぐっちょり濡《ぬ》れて、割れ目が蠢《うごめ》いている……うねうねしているっす。これヤバすぎっしょっ」

指を抜いた。はっきりとは見えないが、微《かす》かに濡れているようにも見える。
男が澄子の股底を凝視していた。だというのに雅彦も思わず、その位置を見る。
(くうわっぁぁ〜、割れ目がまるわかりっ)
黄色の水着の股底に、楕円形の染みが浮き、その真ん中に筋が一本。
ようするに水着の底が、女の肉丘の形に凹《へこ》んでいた。
(澄ちゃんの形、あんな風なんだ……へぇ)
ちょっと、見惚《みと》れてしまった。生唾を飲む。
「いやぁあああああああ」
呆然《ぼうぜん》自失していた澄子が、突如股を押さえて、絶叫した。
雅彦と小栗がほぼ同時に男に歩み寄り、殴りかかろうとした。
殺気に気づいた男が、すぐに立ちあがり、入り口の方へ逃げだした。
残りふたりの男が、それぞれ雅彦と小栗に向かってビール瓶を振り上げてきた。
ガラガラ、ドカーン。
自分たちが殴られる前に、入り口の方で、大きな音がした。
「店員に、舐《な》めた真似《まね》、しているんじゃないわよっ」
プロサーファー小島安奈が、ショートボードで、男を張り倒していた。

たったいまやって来たらしいが、安奈は男たちの乱行を見ていたらしい。

安奈はオフホワイトの極小ビキニ姿だというのに、よろけながら、立ち上がろうとした男の胸に、もう一度回し蹴り。ばしんっと倒した。

「女の股を勝手に触って、いい気になっているんじゃないわよっ」

倒れた男の股間を素足で踏んでいた。ぐりぐり押している。

(あれは、逆に、男が気持ちいいんじゃないだろうか？)

「あうぅう。許してくれ。金玉が潰《つぶ》れる」

安奈が踵《かかと》で、ぐいぐい押しているのは、肉根ではなく、皺《しわ》玉のほうだった。

(そいつは、痛い……)

「安奈さんっ」

澄子が涙目になっていた。

「何よ、澄ちゃんも。まん肉触られたぐらいで、いちいち泣かないのっ」

(普通、泣くと思う)

それにしても、このふたりいつの間に親しくなったんだ？

成り行き任せで、やっちゃった女と、マジに恋している女が並んでいる光景に、雅彦は戸惑った。よけいな情報が澄子に入っているのではないかと、気が気でなかった。

　サラリーマン風の三人は、テーブルの上に三千円を置くと、猛ダッシュで逃げて行った。

　澄子がすぐに安奈に駆け寄った。

「安奈さん、よくそんな小さな水着つけて、あれだけ大きな動きが出来ますね」

　澄子は妙なところに、感心していた。

「要するに、見えたら、見えた時の話ってことよ」

　安奈がボードを抱えたまま奥へとやって来た。

「雅彦、ビール瓶で頭割られなくてよかったわね。あの人たち、雅彦とそっちのぼさーっとした男には勝てると踏んでいたわ。本気で頭、割っていたわよ」

「そうなんですか？」

　簡単に断じられて、雅彦は少し悔しかった。

「私みたいに、勝負の世界に生きていると、人間の闘争本能がどれぐらいのものか、咄嗟《とっさ》にわかるの。あいつら素手の雅彦たちは怖くなかったけど、ボード持った私にはビビッていた」

　正直、安奈がカッコいいと思った。

（一発やってもらって、感謝だ。普通に出会っていたら、洟《はな》も引っ掛けられなかったろう）

「安奈さんっ。私にもボード教えてくれませんか？　今からじゃ遅いですかね？」

澄子が、輝く瞳で言っていた。

（やばいっ。あこがれる気持ちはわかるが、あんまり近づいてほしくない）

雅彦は、安奈に『口パク』で伝えた。

【僕とやったとか、言わないように……】

伝わったかどうかはクエスチョンだ。安奈は肩をすくめるだけだった。

「はーい。全員、働いてっ」

宣伝部の小宮山《こみやま》が大声を出した。

それは舞台の袖から柝《き》が、ちょーん、と入った感じだった。場面転換。

それぞれが、持ち場に戻って、海の家が再開された。

それから二時間後、新しい客が現われた。

「飯島雅彦の、元カノでーす。ビール一杯くださーい」

北山麻里子が、ワンピース型の水着で、堂々とやって来た。

「何、考えているんだよ……」

麻里子の水着は、ワンピース型といっても、昨日まで澄子が着ていたような平凡な形ではない。

肩紐《かたひも》が左側にしかないワンショルダータイプで、右側のバストカップは支えを持っていない。麻里子の形のよいお椀《わん》型のバストに、貼りついているだけだ。

（指で、軽く弾《はじ》けば、捲《めく》れてしまいそうだ）

色彩も鮮やかだった。白地に桜吹雪が舞っている柄で、乱れ舞う桜は赤ばかりか、金や銀も混じっている。

股のカットも超ハイレグだった。

Vゾーンはほとんど紐。

土手に当たる部分にも、桃色の花びらが散っている。

「これ制服なんです」

麻里子があえて胸を張って、そう言った。

「ということは、花吹雪化粧品さんは、全員その格好なんですか？　わぁおぉ〜」

小栗が目を輝かせて、歓声をあげた。

麻里子は小栗を無視。まっすぐ進んで、小島安奈の横に座った。

「銀座一番の小瓶を一本お願いします」

ずっと、やっていた女と、一番最近やったばかりの女が並んで座っている。

（これって、かなり気まずい）

雅彦は近づきたくなかった。

代わりに星野澄子が近づいていた。瓶ビール二本をトレイに載せて、運んでいる。

（いやいや、澄ちゃんも、関わらないでっ）

これから、やりたい……いや、付き合いたいと思っている女《ひと》が、そこに混じって欲しくない。

そんな雅彦の想いとは裏腹に、安奈が椅子を引いて、澄子を招き入れていた。

「澄ちゃんも、一杯やろうよ。花吹雪に奢《おご》ってもらおっ」

なんてこと、言っている。

（勘弁してくれっ）

雅彦は、その場に居たくなくなり、店の外に張り出したデッキと、浜辺にいる海水浴客のオーダーを取る係にまわった。

2

真夜中だった。星が舞っている。

雅彦は、スタッフが寝泊まりしているアパートには帰らず、ギンギンハウスのデッキで、ひとりでビールを飲んでいた。

白のハーフパンツに緑色のポロシャツでは、少し肌寒かったが、周囲から聞こえてくる呻《うめ》き声に、火照《ほて》りを感じていた。

『夜の浜辺は、はまべと書いて、はめべと読む』とはよく言ったものだ。

確かに、そういう場所だった。

右隣の牛丼レストランも、左隣の花吹雪パーラーも、とっくに閉店していた。

もちろんギンギンハウスも、いまは誰一人いない。

(この三週間、いろんなことがありすぎた)

雅彦は、物思いにふけった。

元恋人の麻里子と同僚の小栗裕平が嵌《は》めている現場に遭遇してから、目まぐるしく日々が過ぎていた。

忙しすぎたので、逆に落ち込まずにすんだ、とも言える。

人生なんて、そんなものだ。

結果的に、麻里子のことは、先輩社員の武田陽子とサーファーの小島安奈が忘れさせてくれて、いまは星野澄子への恋心が芽生えていた。

片思いだが、新たなる恋心は、過去を忘れさせてくれた。人間なんて現金なものだ。

(ギターでも弾くか……)

傍らにあったギターを膝の上に置いた。コードCを押さえて、ポロンと鳴らしてみる。

ビーチサイドエッチにいそしむカップルの邪魔にならないように、小さな音で鳴らす。

ギターは小栗裕平が持って来ていたものだ。

『夏の浜辺は、ギターでしょっ』

と、言って、マーチン社製のアコースティックギターを持ち込んで、パートのビキニガールの気を引こうとしていたのだけれど、小栗自身は、さして弾けるわけではなかった。

それにサーファー系の女子たちの気を引くには、小栗のレパートリーは野暮すぎた。

アイドル系の曲ばかりだったのだ。

その選曲では、あの子たちは無理だと思う。案の定、誰もなびかなかった。

雅彦は、小栗よりは弾けた。

とはいえ、ハイトレンドな曲が出来るわけでもない。小栗よりマシという程度だ。

（おっさんぽいけど、ここはやっぱり、サザンだろう……）

と、小学生の頃によく歌っていた定番の「ＬＯＶＥ　ＡＦＦＡＩＲ」を歌ってみた。もちろん小声で歌った。人に聞かせるつもりはない。

いつの間にか、目を瞑《つむ》って悦に入ってしまった。そのままサビの部分で、気持ちは最高潮になっていた。好きな歌の、好きな部分を歌う直前は、射精の直前の恍惚《こうこつ》感に似ている。

そう、この曲で言えば、マリンルージュから、大黒埠頭《だいこくふとう》に進む部分だ。

思わず声を張り上げた、その時だった。

「まぁ、懐かしいっ。雅彦、カラオケ行くと必ず、歌っていたわね」

いきなり、声を掛けられた。射精を止められた感じだ。

（あうぅ）

目を開くと北山麻里子が、立っていた。思わず唇を噛《か》んだ。

「無視、しすぎじゃない？」

白地にハイビスカスをあしらったアロハシャツに、赤いロングスカートを穿《は》いている。

「昼の水着、露出しすぎじゃねぇの？」

「あれが制服だから、しょうがないよ」

「で？」

何しに来たのだという視線を向けてやった。

「あのこと……。弁解、させてくれる余地もないの？」

「ない」

無下にした。

「そっか」

麻里子はクルリと背を向けた。

雅彦は、ふたたびギターを鳴らした。適当なコードだった。若干不調だった。

すると麻里子が再び、こちらを向いた。

「弁解しない。だから、飲むのだけ、付き合って。……もう新しい彼女がいるなら、控えるけど……」

「まだ、いない」

「じゃ、世間話でもって、ことで」

麻里子が隣のデッキチェアに座った。

雅彦は店の鍵を開け、冷蔵庫から瓶ビールを四本取り出してきた。ついでに、アイスティーも容器ごと、持ってくる。

自分はそれほど、酒に強くない。

プラスチックの容器に☆のマークがついていた。特に気にはならなかった。

「じゃ、乾杯。何についてだかわからないけど、乾杯」

雅彦はぶっきらぼうに、そう言った。

「夜の海と、輝く星に乾杯……ちょっとキザな言いかたね」

麻里子が笑う。ボトルをカチンとぶつけ合って、とりあえず飲んだ。

「目が慣れてくると、ここの景色って、毒ね……」

二本目のボトルを咥《くわ》えた麻里子の目が赤く染まっていた。

「酔ったのかよ?」

「ビールに酔ったんじゃないわ。目の前で、十組はやっているみたい」

麻里子が身体《からだ》を折って、左右を見渡しながら、頰をほんのり染めていた。

雅彦はとっくに気が付いていた。店をオープンさせてから、夜に何度か、ここに来ていた。闇に隠れて、結構みんなハメている。

由比ヶ浜と材木座の境界線あたりに、砂を掘って、穴の中で、ハメるのが、最近のトレンドなのだと、大学生ぐらいのカップルが言っていた。

〈二浜嵌め〉と呼ぶのだそうだ。

「雅彦、ドキドキしてきちゃったよ」

「いまのお互いの状況下で、そういうこと言えますか?」

「それはそうなんだけど、雅彦は平気? ほら、あそこのカップル、横抱きのまま、腰を動かしている。茶髪の女の子のビキニのバックを寄せて、男の人が挿入しているの」

麻里子は目を丸くしていた。雅彦も同じ方向を見た。

確かに、ザックリ入っていた。ヤンキー風の男が、腰を引き上げた瞬間に、赤銅色の肉柱が、全体の三分の一ほど見えた。背中を向けた女子のまん汁で、光り輝いていたから、よくわかった。

「いや、このところ、毎日見ているから、さほど感じなくなった」

嘘《うそ》をついた。そんなことはない。もう、淫気に当てられて、息苦しくなっているのだ。

（しかし、麻里子の前では発情したくないっ）

自分を捨てた女の前で発情して、なし崩し的に、妙な展開になるのは、いかがなものか、と思う。

「わっ、雅彦っ、あっちも凄《すご》いっ。ほら、あそこ、金髪女子がおっぱい上下に揺らしている。高速ピストンだよっ」

麻里子が顎《あご》をしゃくった先を見ると、騎乗位のカップルがいた。上になっている女子は、ブラを完全に取っている。メロンのような乳房をゆさゆさ揺らしながら、腰を上下させていた。フルスピードだった。ビキニの下は着けたままだった。この女子もクロッチを少しだけ、わきにずらして、肉茎を受け入れている。

（パンツ……ちょいずらしが、今年の湘南スタイルなんだ）

雅彦は生唾を飲んだ。何度も飲んだので、自分の発情具合が、麻里子に伝わってしまいそうだった。

「麻里子、いつからそんなに、他人のセックスになんか興味持つようになったんだよ?」

自分の欲情状態を隠すためもあったが、それよりも、先ほどから気になっていたことを聞いた。

(北山麻里子は、もっとクールな女子だったはずだ……)

少なくとも、自分と付き合っていた頃は、他人の交合を目撃したら、目をそらしていたはずだった。ましてや、挿入だの高速ピストンだの、という言葉を口にすることなど、ありえない。

「ずっと、昔から、セックスにしか興味なかったんだけどな? 私、世界一、スケベなの」

麻里子がこちらを向いた。まっすぐな視線を向けてきている。真っ赤に腫《は》らした目が、とてもいやらしかった。

「そんなそぶり、まったく見せなかったじゃないか」

雅彦は、高鳴る胸の鼓動に翻弄《ほんろう》されながら、見つめ返した。

二本ずつのビールがなくなったので、アイスティーを取った。容器からビールグラスに注いで、飲んだ。えらいまずかった。ティーなのに、やけに苦い味がする。

「女は、普通、そんなそぶりは見せないよ。男の前では、いやらしいことが好きなそぶりなんて、絶対に見せない」

麻里子は手の甲で、股間をぐっと押さえた。スカートが沈み込み、両腿《りょうもも》が浮き上がる。

その股の間《あいだ》に、麻里子は手刀のようにした右手を、押し込み、くいっ、くいっ、と揺さぶった。

見ていて、勃起した。

会話しながらオナニーされるなんて、思ってもいなかったのだから、焦った。

「だったら、なんで、いま言う？」

「別れたから……」

股間に当てていた手の甲を、ぎゅうぅと、押し込みながら言っている。麻里子の顔が、切なげに歪《ゆが》んだ。

「もう、気取る必要もないってことか……」

「そういうことになるかもね。でも、これが本性だから。これから先に好きになる人には、もう絶対、こんな私、見せないわ」

麻里子が天を仰いだ。股間を押さえる手に更に力が加わっている。眉間にしわが寄っていた。

「あううっ」

絶頂の時の顔だった。

「七年付き合って初めて、知ったよ」

雅彦はもう一口、アイスティーを飲んだ。まずさは変わらなかった。こんなもの客に出していいんだろうか。その場で、容器を逆さまにして、全部捨てた。

「ねぇ」

スカートを膝まで捲り上げた麻里子が、口を尖《とが》らせた。

「最後に、本性ぶつけ合わせて、終わらない？」

3

誰もいない店に、ふたりで入った。

全面ガラス張りの店の四方すべてに、白いブラインドを下ろす。そのせいで、真っ白な部屋になった。

「おれは、砂浜で、露出セックスを楽しむほど、悪趣味じゃない」

「私は、多少、見られるぐらいのほうが、感じるの」

麻里子が赤いロングスカートを自ら捲り上げている。腰骨の位置まで、裾を持ち上げた。

「どお？　元カノのエロ下着って？」

麻里子のショーツは、全面レース。つまり透明だった。

「いつから、そんなの、穿いていた？」

驚愕《きょうがく》に震える声で聞いた。

「もう、三年ぐらい前から、ずっとこんな下着をつけていたわよ。雅彦、全然、気づいてくれなかったね。だから、つまんなかったわ。言ったでしょ。私、スケベだったのよ」

さらなる驚きに打ちのめされた。

（麻里子は、ひょっとして欲求不満だったのか？）

ならば、その責任は自分にあった。

「想像もしていなかったよ。麻里子は清楚《せいそ》で知的であって、スケベな感情を持って接したら、逆に嫌われると思っていた」

正直な感想を伝えた。

「そうだろうと思っていた。でもいいのよ、雅彦。それで普通だから。だけど、女だってね、本当は、みんなやりたくてしょうがないのよ……。嘘じゃない。百パーセント、全員、やりたがっている。でも口には出来ないの。男子から、誘ってくれないと……」

「もっと、誘えばよかったのか？」

「言葉じゃなくていいの。私が毎朝、雅彦にコーヒーカップ渡す時、テーブルの角におま×こ、くっつけていたの、気が付かなかった？」

　麻里子は照れる風もなく、そう言っている。

おま×こ？　その唇が、その言葉を発音するなんて、信じられなかった。

「気づいていたさ……」

「だったら、なんでもっと誘ってくれなかったのよ……」

　そうでしたか、と答えるのも間抜けな感じだったので、言ってくれればよかったのに、と言った。

「わざわざ、女に、今夜一発お願いしますって、言わせるの？」

「言ってくれなきゃ、わからない男もいる」

　自分の顔を指さした。

「最低……。でもそこが雅彦の魅力ね。もう、別れたから、恥ずかしくない。言ってあげるね……」

麻里子は、そこで一呼吸置いた。頬を真っ赤に染めて、

「……もう、おま×こ、ぐちゅぐちゅなの……麻里子のお×んこ、大好きだから」

雅彦は卒倒しそうになった。くらくらしながら、ひたすら、元カノの肉割れを覗《のぞ》いた。

麻里子は透けたパンティの上から、肉裂に人差し指と中指を当てた。くいっと押すと、ごく自然に肉丘が左右に分かれて、薄桃色の秘園が現われた。

透けたパンティとはいえ、一枚かかっているので、少しぼやけて見える。べったり貼りついた黒い陰毛だけが、やけにはっきり見えている。

彼女が陰毛が多いほうなのだということも、今更気づく。

「角に、押しつけていたのは、筋じゃなくて、ここ」

麻里子がパールピンクの肉粒を指さした。

「くちゅっ、とか、音してたのかな?」

もはや雅彦も、興味本位で聞いた。

「そう……。そういうふうに、聞いてほしかったのよ」

麻里子が粒を押した。

くちゅっ、と鳴った。

「ほらねっ。この音。毎朝鳴らしていたんだけど」

「くわぁ〜。そんなのぜんぜん知らなかったぁ」

麻里子が、押せば押すほど、クリトリスが膨《ふく》れあがってきた。

「ねぇ、もう観念すればっ、雅彦っ。早くやっちゃおうよっ」

麻里子が透けパンを下ろして、太腿から抜いていく。陰毛を見た。さんざん触った毛のはずなのに、今夜はやけに新鮮に見えた。

「いやぁ、なんか、すっげぇ、照れくさい」

勃起しているくせに、後退《あとずさ》りした。

麻里子が近づいてきた。パンティは脱いだが、スカートは穿いたままだった。白地にハイビスカス柄のアロハも着たままだ。

雅彦の前で、いきなり跪《ひざまず》いた。スカートの裾は膝上まで捲られている。

「ハーフパンツの股間が、パンパンなんて、雅彦、子供みたい」

手が伸びてきて、ファスナーをするすると引き下ろされた。

「いやいや、こっぱずかしいって」

さらに後退したが、ガラス窓に下ろしたブラインドに尻があたった。もう後がなかった。

「だから、観念しなさいっ」

元カノが小悪魔に見える。

「あっ、引き出すなよっ」

開いたファスナーの間から、肉の突起を取り出されてしまった。真っ赤に充血した亀頭を麻里子に、まじまじと見つめられた。

なんだかとっても恥ずかしかった。

元カノに久しぶりに、亀頭を見られるというのは、かなり動揺するものだ。

「雅彦のおち×ちん、こんなに大きかったっけ?」

麻里子が瞳を上にあげて、肩をすくめている。

(どうせ、忘れていたんだ)

「あのさ、俺、お前と、顔もあわせたくなかったんだけどっ」

ちょっと切れ気味に言った。照れ隠し半分、本気半分。自分はもう別な道を歩みたいと思っている。

「顔見なくていいよ。だけど、ココとココは合わせる」

「ココって?」

「ち×こと、ま×こ」

麻里子は、ごく自然に言って、舌先で、肉の突端を舐めてきた。

「おぉおっ」

しかも、麻里子は自分の股間を弄《いじ》り始めた。

「もう、おっきぃから舐めなくて、いいかな？」

口を離して聞いてきた。亀頭と下唇が、涎《よだれ》で繋《つな》がっていた。

「いや、もう少し、舐めて、欲しい……」

陥落させられた。

自分は、どれほどちゃらい男なのだと、なじりたくなるのだが、やはり男は、勃起したら最後、射精するまでは、女の言いなりになるしかない生き物だ。

「じゃぁ、ちょっとね。私、もう入れたくて、入れたくて、しょうがないもの」

じゅる、じゅる、と音を立てて吸われた。

（わぉ〜、いっぱい吸い立てて欲しい）

完全に弄《もてあそ》ばれ始めた。

舐められながら、麻里子と最後にセックスしたのは、いつだったかと考えた。

すぐに思い出せなかった。

軽くしたのは一か月ほど前。汗まみれで、ずぶずぶにやっていたのは、もう三年ぐらい前だったような気がする。

(でも、こんな舌使いをされたのは、絶対に初めてだっ)

麻里子の舌が縦横無尽に肉胴に絡みついていた。

亀頭の裏、棹《さお》の中央を、ねろねろと舐めてくれる。

「んんんっ。麻里ちゃん、こんなのしてくれたことなかった」

「やってたら、雅彦も、もっと、たくさん、してくれた?」

根元は唇できつく結ばれ、時おり、金玉をぐいっ、と押された。

この金玉押しが、結構効く。

「んっわっ」

玉を潰されるごとに、亀頭がビクンと跳ね上がり、その瞬間、裏側の三角州を、ちょろっ、と舐められるのだから、たまらない。

それを繰り返された。

「おぉおおおっ」

快汁の渦が、玉袋から棹の中を、通り抜けて、切っ先へと向かってくる。

(いま、出して、なるものか)

雅彦は、歯を食いしばり、何か摑《つか》まるものはないかと、手のひらを動かした。

「あんっ」

麻里子のバストに当たった。アロハシャツの生地越しにバストのトップの突起を感じた。

「ノーブラ?」

思わず聞いた。

「確かめて……」

麻里子が亀頭を吸い立てながら、言っている。

アロハの襟元《えりもと》から、手を滑り込ませた。

この七年、さんざん揉《も》んでいたはずの麻里子の乳房なのに、なぜか初めてのような触り心地《ごこち》だった。

「ぁあんっ。そんなにきつく揉まれたら、感じちゃうってばっ」

手のひらの中心に、乳首がこりっ、と当たる。これまで感じたことのないほどの、しこりかただった。

麻里子の乳首から、いままで知ることのなかった、女の欲情がありありと伝わってくる。

手が震え、亀頭がパンパンに固まった。

「麻里ちゃんっ」

肩を押して、床に押し倒した。こんな乱暴なことをする自分が信じられなかった。

「ああ、雅彦にそうやって、むりやりにやられたかったのっ」

麻里子は仰向《あおむ》けのまま、膝を大きく開いている。スカートが捲れ上がって、陰毛と秘園が、はっきり見えた。

「すぐ挿《い》れるっ」

自分で、ポロシャツとハーフパンツ、そしてトランクスも一気に脱いだ。反《そ》り返った肉棒を押さえつけて、麻里子の肉裂へと差し向けた。一か月ぶりに、粘膜と粘膜が触れ合った。

（こんなに、柔らかだったたっけ？）

ぴちゃっ、と蜜が跳ねる。雅彦の陰毛にまで、飛んできた。

「はぁ～ん。前より、やっぱり重く感じる」

ずっしりとした亀頭が小陰唇の上に乗っていた。自分でも今夜は重いと思う。男の棹は、やはり発情するほど重量を増す。

その太った肉の頭を、小陰唇の真下、針の穴ほどの大きさしかない膣口《ちつこう》に向けた。

プクプクと泡が立っている。泡と共に、麻里子の発情臭と熱気がむぅっ、と立ちのぼってくる。雅彦の淫気は、最高潮に達した。

「麻里ちゃんっ」

ぐっ、と腰を押した。

「あぁあっ。入ってくるぅうう」

麻里子が、鼻息を荒げて、甲高い声をあげた。

ぬるぬるの肉層の中に、太茎が、勢いよく入っていった。ぎゅうぎゅうに締め付けられる。

「麻里ちゃん、狭いっ」

正直、そう感じた。とにかく何もかもが新鮮に感じる。雅彦は夢中になって摩擦しまくった。

「んんんっ。いいっ」

麻里子が腰を激しく捩《よじ》った。

よほど発情しているらしく、背中を反らせて、後頭部で上半身を支えている。

「ああぁん、あっ、あっ、あんっ、いやっ」

麻里子の反応が激しいので、雅彦の昂奮《こうふん》もぐんぐんエスカレートしていく。

「もっと、もっと、感じさせてやるっ」
鰓《えら》で抉《えぐ》るように、膣層を掻き回してやった。
「んんっ、いやぁあぁ、一発でいっちゃうよぉ」
涙目になりながら、膣を収縮させている。もう穴の中はくちゃくちゃになってい
て、男根を上下させるごとに、蜜がポンプで押し出されるように、びゅん、びゅん、
と溢れてきた。
「はぁああ、もう、私、おかしくなっちゃうっ」
麻里子の喜悦に溢れた歓声が、天井に向かって飛んで行く。
「おかしく、なっちゃいなよっ」
もはや、雅彦自身も、切羽詰《せっぱつ》まっていたが、ここまで来たら、麻里子をとことん、
絶頂の極みに導きたかった。
ある意味、それは報復に近い感情だったのかも知れない。
フィニッシュへの連打を叩《たた》き込みながら、雅彦は、麻里子の快感をさらに倍化さ
せたいと思った。
肉杭を抽送《ちゅうそう》しながら、指を肉裂の上縁に伸ばした。肉の合わせ目にある女の急所
を親指で、押してみる。

ぐちゅっ。ぐりぐり、ぐりっ。

「……えっ。んはっ」

嬌声《きょうせい》を一度止め、一呼吸置いてから、麻里子は短く叫んだ。白目を剝《む》いていた。

「あ〜ん、そこを一緒に押しちゃ、だめぇぇえ」

切なげに眉を寄せて、見たことがないほど大きく口を開けている。麻里子のこんな乱れた顔を見るのも、初めてだった。

締め付けられる男根の快感よりも、その表情に、雅彦は感極まった。

もう一回〈クリぐちゅ〉をした。親指で、淫核がガムみたいに伸びるほど、きつく、きつく押した。

「いやぁあああ」

泣いていた。涙を流して、唇を震わせている。雅彦は、クリトリスを押しながら、怒濤《どとう》の連打を送った。

「あふっ、んはっ、いやっ」

涙と汗で、麻里子の顔は、ぐちゃぐちゃになっていた。

「おぉおおおお」

その顔を見つめながら、肉をスライドさせていると、とうとう亀頭が、小爆発を起こした。最初の小爆発だ。にゅるっ、にゅるっ、と精子が溢れ出ていく。漏れていくのが悔しくて、雅彦は、もう一回、クリトリスを押した。

「雅彦、だめぇぇぇえ。もう、むりっ」

麻里子が、両手を後方に伸ばした。バンザイをする格好だった。同時に膣が激しく窄《すぼ》まった。

「んんんわぁあああ」

亀頭が潰され、大爆発を起こした。どっかん。精汁が栓を抜いたばかりのシャンパンのように噴き上がった。

「出たぁあああ」

「私も、いっくぅうう」

麻里子が感極まったような声を上げ、両手で何かを引っぱった。するするするっと、目の前のブラインドが上がっていく。

「えっ、麻里ちゃん、それ引いちゃダメだ」

ドクドクと精汁を麻里子の中へ流し込みながら、雅彦は唖然《あぜん》となった。

ブラインドが開いて、ガラス窓の外が見える。

満天の星の下。

ソフトクリームを舐めている星野澄子と咥え煙草《たばこ》の小栗裕平が立っていた。

「あら、今度は、小栗君に、見せちゃった」

と、北山麻里子。スカートを下ろして、接合点を隠している。

「これは誤解だ……澄ちゃん」

雅彦は真っ裸のまま、星野澄子を見つめていた。何故《なぜ》だか、わからないが、ただただ、見つめていたかった。

澄子は、唇に付着したバニラのソフトクリームを拭《ぬぐ》おうともせず、あんぐりと口を開けていた。

五秒経《た》った。

事の次第を呑《の》み込んだ澄子が絶叫した。

（そりゃ、そうだ……）

新しいラブストーリーは、始まる前に、最終回を迎えてしまった。

第六章　キミも濡れた、あの夏

1

　南銀座麦酒の『ギンギンハウス』は、想定していた以上に好評を博していた。八月に入ると、両隣のナショナルブランドの海の家などよりも、ギンギンハウスの方が混雑するようになってきた。

　特に単独の男客が増えている。浜辺には出ずに、二時間、三時間と、ビールを飲みつづける男たちが増えた。年齢は二十代から八十代まで、さまざまだ。

　サーファーガール小島安奈の提案で、ビキニウエイトレスの水着をさらに極小生地にしたのだ。

　ブラは、トップをミネラルウォーターのキャップで隠し、パンツは、もはや袋状はやめにして、割れ目に紐《ひも》が通っているだけのものにした。

『裸よりも、いやらしく見えるでしょう』

安奈が得意になっていた。

ビキニウエイトレスたちは『チームノリノリ』と名乗ることにした。

これは田中正明社長の発案だった。

安奈の後輩である女の子たちは、全員剃毛《ていもう》し、水着のフロント部分の幅をぎりぎりまで狭めていた。

そうした格好になると、女の子たちは、ますます色気を増してくるから不思議だ。

とはいえ、会社のブランド政策が、どこか違う方向に向かい始めている感じがしないでもない。

社長はさらに『銀座一番』の他に、新ブランド『湘南エロス』を立ち上げようとしている様子だ。

（なんか違う……）

雅彦は、目の前を尻を振りながら歩き回るビキニウエイトレスを眺めながら、ため息をついた。

星野澄子の水着も、やや露出度が上がっていた。

人間、「慣れ」というのは、不思議な力を発揮する。

周囲の子が、裸状態で動き回っているのを見ていると、生地の大きな水着を着ているる自分が、野暮ったく思えてしまうらしい。澄子も、少なからず影響を受けていた。幅広のセパレート水着が、徐々に小さな布になり、いまは、ブラに関しては普通のビキニブラだった。

ただ、パンツ部分の股上だけは、いまだに深い。そのアンバランスが、とてもエロい雰囲気を醸《かも》し出していた。

原宿辺《はらじゅくあた》りを歩いている、ショーパンに水着ブラのギャル風なのだ。

男客の中には、澄子を目当てにし始めている者もいるようで、雅彦としては、気が気ではない。

「澄ちゃん、あんまり無理しない方がいいよ。露出専門の子たちが、ちゃんといるんだから、社員が、そこまでやる必要ないよ」

と、心底親心から、警告をしたのだが、完全に無視された。

「この店の中で素っ裸になってエッチしていた人に、言われたくありませんっ」

それはそうだった。

もう、澄子とは、どうにもならない。

他人とエッチしている彼女を見て別れた男が、恋をし始めた女に、自分がやっているところを見られて、すべてが終わった。

(今年の夏ぐらい、運に見放された夏はない)

麻里子はあの夜を最後に、姿を消した。

さすがにもう、湘南には顔を出さないだろうと思っていたが、翌日、京都へ転勤になっていた。

五か月も前から決まっていたことらしい。

あの夜から三日後に届いたメールで、麻里子の本心を知って愕然《がくぜん》とした。

『雅彦、ごめんね。

こうしないと、別れることが出来なかったと思うのよ。

実は私、三月に、京都支社へ行く辞令が出ていたの。支店長代理だって。

京都支社というのは、大阪支社に隠れてよく見えないけど、花吹雪化粧品では重要な部門なの。

内外の賓客《ひんきゃく》を招く、花吹雪の奥座敷と言われているわ。

つまり営業活動は重要ではないけれど、接待部門としては、さまざまな役割を持っている場所なのよ。さらに私は、ここで商品開発もやることになったの。舞子さんをイメージしたあぶら取り紙を、花吹雪の新ブランドとして立ち上げるの。私、やってみようと思う。

さんざん、悩んだよ。

雅彦と一緒に、東京にいるほうが楽しい人生が待っていたかもしれないものね。でもさ、私、仕事に賭けることにした。

しばらくひとりになって、自分がどこまでやれるのか、とことん挑戦してみようと思うの。

それには、いまの暮らしを、一回リセットしなきゃならないと思った。強引な別れ方で、ほんとにごめんね。

いまでも、雅彦のことが、大好きだから、踏ん切りをつけるには、小栗君を巻き込んで、ああするしかなかったと思うの。たぶん、話し合えば、いったん、東京と京都に別れても、一緒に頑張っていこう、みたいな結論になったと思うのよ。でも、現実は青春ドラマじゃない。

オナニーもすればセックスもするのが青春だから、別々の暮らしになればおそらくは、それぞれがいつの間にか身近にいる人と、そうなっちゃう感じがすると思うの。
だから、どうせなら、って私。勝手に、踏ん切りつけちゃうことにしたよ。
ごめんね。本当に、ごめんねの百乗だよ。
いま、このメール打ちながら、土下座していますっ。
特に、最後に、ブラインドを上げちゃったのは、もう、どう謝っていいかわから
ない。消えちゃう私は恥のかき捨てでいいけど、雅彦は南銀座麦酒にいづらいよね
ぇ。
許せっ。
最悪、私が京都でコネをつくって、伏見《ふしみ》の酒造メーカーとかに、橋渡しするから
……。
とにかく、ごめん。麻里子』
酒系なら、ビールでも日本酒でもいいというものではない。
まっさきに、そこに腹がたった。
『セックス見られたぐらいで、俺は会社、やめねぇっつうの』
と返信した。

やはり北山麻里子は、変わっていなかった。根っからの仕事人間だったのだ。自己実現のためなら、私生活の犠牲は止《や》むを得ないと、瞬時にして答えが出せる女なのだ。

（まことに、恐れ入る）

転勤を五か月待ってもらって、入念に計画を立てたに違いない。

それが梅雨が明ける直前のあの日だったというわけだし、小栗裕平も、おそらくは、麻里子の本心など何も知らされずに、たぶらかされただけだろう。

（あっぱれな、ストーリーづくりだよ）

見事に置いてきぼりをくらって、雅彦は、むしろ清々《すがすが》しかった。

要するに、嫌われたわけではなかったのだ。

（完敗だが、自信は取り戻せたっ）

麻里子にもう、未練はなかった。

（未練があるとすれば、澄ちゃん……）

こちらは、もはやどうにもならないだろうが、麻里子のことがはっきりしたこともあり、なんとか誤解を解き、新しい気持ちで交際を申し込みたいと思っている。

しかし……。

（ムリだよなぁ……。元カノとのエッチ現場、見られたんだもんなぁ）

そう思えば思うほど、恋心は募《つの》るというものだ。

トレイを持って動きまわる澄子を眺めつつ、雅彦は、ため息をついた。

好きなのに、どうにもならない女と、一緒の現場で働くのは、辛《つら》い。

（とっとと、銀座に帰って、別々な仕事をした方が、まだマシじゃないか）

そんなことを考えていたところに、ふたりの女がやって来た。

経理の武田陽子とサーファーの小島安奈だった。

よりによって、やった女がふたり揃《そろ》ってやって来た。

どちらも、派手なビキニ姿だった。陽子は妖艶《ようえん》な黒にシルバーのボーダー柄。安奈は豹柄《ひょうがら》ビキニだった。

2

店の隅で、陽子と安奈のふたりに挟まれて立った。悪い友達が、職場にやって来て、金を貸せっ、とかって言われている気分だ。

とにかく澄子の前では、馴《な》れ馴《な》れしくしてほしくない。

なのに、ふたりとも、雅彦に両側からぴったり身体を寄せている。

「彼女と、やりたいんでしょう」

と豹柄ビキニの安奈が獲物を追うような眼で、澄子の尻を見つめている。いやらしい視線だった。

「あの、そっちの方向もあるんじゃないでしょうね？」

「ないことないわよ。アスリートは、結構多いんだよ。エッチのバイリンガル」

エッチのバイリンガル、そういう言い方があるのか？

「あの、チームノリノリの女の子たちは、そちらの管轄ですから、どういう間柄でもいいんですが、うちの女子社員に変な癖つけないでくれませんか」

大きな声は出せないので、耳元でささやくように言った。

反対側から、陽子に肘で突かれた。

「いやねぇ。耳しゃぶなんて」

口を尖《とが》らせている。

「そんな言い方しないでくれますか。だいたい、なんで陽子さんと安奈さんが、ここに一緒にいるんですか？」

「私、みなさんにバイト代を渡すために昨日こっちに来たのよ。で、安奈ちゃんのショップで、一杯飲んだら、意気投合しちゃって」

「酒好き女同士の、最悪の出会いですね」

雅彦は皮肉を言った。陽子は、ぜんぜん、堪《こた》えていない。

「で、うちら、飯島姉妹だって、わかって……」

そこで陽子の口を押さえた。

ここで、同じ会社の女とも出来ていたなどと、澄子に知られたら、最悪だ。

ドン。こんどは安奈に肘鉄を食らった。

「あぁっ、姉さんの、唇、触っちゃってるぅ。私、かなり紫な気分っ」

紫な気分……ジェラシーということらしい。

「いやいや、おしゃべりが過ぎるんで」

雅彦は安奈の首も絞めたくなった。とにかく、ここで、しゃべらないで欲しい。

「口封じしたかったら、あっちに行こうよ」

安奈が通りの向こうを指さしている。

スタッフが泊まっているアパートが見えた。

「いや、まずいでしょう……」

と雅彦。

「この時間、全員ここで働いている、ってことは？」

安奈が、陽子にウインクした。

「あっちは、誰もいない。しかも、私、鍵を持っている」

陽子が、キーホルダーに付けたアパートの鍵を、ぶらぶら振って見せた。

高校時代。悪い先輩に、昼休みに体育館の裏で、一緒に煙草《たばこ》を吸おうと、唆《そそのか》されたことがある。いまは、その時のシチュエーションにとても似ていた。

断れない雰囲気が、凄《すご》く似ている。

雅彦は、ふたりに「距離を置いて歩くように」とだけ頼んで、店を出た。

浜辺にオーダーを取りに行く振りをするしかなかった。

アパートの部屋に女ふたりと共に入った。正確に言えば、連れ込まれたのは、自分の方だ。

「澄ちゃんのこと、小栗君も狙っているのよ」

黒と銀のボーダーのビキニブラを外しながら、陽子が、目を輝かせながら言っている。

「知っています。だけど、僕に止める権利はないんです」

彼氏がいないと宣言している星野澄子は誰のものでもない。つまり誰が手を出してもいいのだ。

雅彦は、ぶぜんとした声で答えた。

ぶぜんとしていたが、ベージュのハーフパンツは、安奈に引き下ろされていた。

まだ半勃《はんだ》ち。ち×こもぶぜんとしているようだった。

豹柄ビキニをつけたままの安奈にかっぽりと咥《くわ》えられる。

「えっ。もうしゃぶっちゃうんですか？」

雅彦は目をシロクロさせた。

「澄子ちゃんに、舐《な》められているの、イメージしてもいいよっ」

「いや、そういうのは、まずいと思います」

「遠慮しなくていいよ。一回やった同士は、まぶ達だよ。あの子の攻略法、相談に乗ってあげるっ」

持つべきものは、やり友かも知れない。

舌先で、じゅるんじゅるん亀頭裏を舐められた。

「澄ちゃん、舌が厚い感じだから、きっともっと気持ちいいよ」

安奈の舌腹は充分に気持ち良かった。

Tシャツの方は、陽子に捲《めく》り上げられた。男の乳首が、ピンとしこっている。

「澄ちゃんの、クリトリスって、このぐらいかも知れない。舐めちゃおう」

陽子に男粒をチュウチュウされた。

「陽子さんも、L《レズ》の気あるんですか？」

吸われた乳首が、どんどん硬《かた》くなってくる。

「私は、ないない。男大好きだもん。だけど私なりに、小栗君は一回阻止しておいたからっ」

右乳首をちゅうちゅうと吸われながら、左乳首をつけ爪で、カリカリされた。

「んんんわぁ」

股間の棹《さお》は安奈がじゅぽじゅぽ。左右の乳首は陽子がカリカリちゅうちゅう。

卒倒しそうなほどの快美感に襲われる。

「陽子さんっ。それって、どういう意味っすか？」

めくるめく快感に悶《もだ》えながらも、気になった。

「小栗君ね、澄ちゃん落とそうと企《たくら》んで、通販でインチキ媚薬《びやく》とか買ってたのよ。女の子、発情させるっていう薬」

「ええええっ」

そんな薬があるのなら、自分も購入して澄子に飲ませたいっ。

「でも、おバカなのよ、小栗君。会社宛に送らせたから、私が、中身確認しちゃった。あぁ、これは管理部門の義務よ。よくわかんないところから、箱詰めの荷物が届いたら、安全上、開けるから。で、安全だってわかったから、知らんぷりして、彼のデスクに置いておいたの」

「どんな媚薬だったんですか？」

ふたりのゴージャス系女に、上と下の粘膜を舐め回されながらも、とにかく媚薬が気になった。

「笑っちゃうわよ。『やったぜ・ベイビー』っていう粉末。飲んでも毒にはならないけれど、昂奮《こうふん》作用なんてなかった」

「ためしたんですか？」

「うん。小栗君のことだから、たぶん、初日にアイスティーかなんかに混ぜると思って、早朝にギンギンハウスに行ってみたら、案の定、混ぜていた。そこで、私が飲んで、発情した振りしてやっちゃった」

「えぇええ。小栗ともやったんですかっ」

雅彦は、快美感に幻惑されながらも、喚《わめ》いた。

「心が小さい男ねぇ。麻里子さんも私も、みんなあなたが先だったんだから、いいじゃないっ。小栗君は、全部、あなたの後っ。だから嫉妬しないのっ」

勢い、ちゅう〜っと、右乳首を吸われた。とてつもなく気持ちがいい。

「あぁああ、いいいっ」

股間の肉にビシッと芯が通った。

「んんん、がぁ〜、おっひぃ」

安奈が、口を大きく割り拡《ひろ》げていた。

「陽子姉さん、じゃぁ、私も小栗君とやってもいい？」

そんなことを聞いている。

「もちろん、いいわよ。彼のおちん×ん、でっかいわよぉおお」

陽子がうっとりした顔で答えた。

「本当ですか？」

安奈が、いったん、雅彦の肉杭から口を離して、確認している。

この間合い、ちょっと腹が立つ。

「こらぁ〜、俺の身体を舐め回しながら、小栗のち×この話、すんなっ」

怒鳴ってやった。

「わぁ〜、雅彦、ビッグになったぁ」

安奈が手を叩《たた》いている。

「じゃぁ、交互刺しってことで。今回は安奈ちゃんが先入れっ」

陽子が四つん這《ば》いになった。

すぐに安奈も、その隣に四つん這いになった。

雅彦の眼下に、ふたつの豊満な尻山が並んだ。真っ白い陽子の山。小麦色の安奈の山。白黒連峰とでも呼べばいいのだろうか。

サイズは安奈の方が、若干大きい。

しかし、司令塔は陽子だ。

「まず安奈ちゃんに、五十回擦ったら、私の方にして」

「え〜っ、数えながら、抽送《ちゅうそう》するんですか」

「そう。往復で一ピストン」

顔だけこちらを向けた陽子は、なんでも管理しないと気がすまない性格だ。

「そんなの気が散るし、面倒くさいっすよ」

安奈の尻の割れ目をちょっと開いて、不満の意を述べた。

述べながら、まんちょんの沼地に、亀頭を、ドンと置きに行った。びちゃっ、と蜜が跳ねかえる。雅彦の陰毛が、濡《ぬ》らされた。

「じゃぁ、私が数えるから、その声通りに、動かして」

陽子は、あくまでも数に拘《こだわ》っている。

「ひえ～、おおよそ五分で、入れ替え、とかじゃダメですか？」

雅彦は抵抗した。挿入快感は無我夢中になってこそ、高まるものだ。義務的に、数を数えながら、男根を出し入れするのは、どうかと思う。

そんなことを考えていたら、挿入待ちの安奈が、焦《じ》れて、怒った。

「ごちゃごちゃ、言ってないで、早く挿してくれないっ。まんちょの穴が、もう蒸れちゃって、どうしようもないのっ」

ごもっともだ。

「じゃぁ、い～ち」

陽子がカウントを取った。雅彦は、ぐっと尻を押して、棹を沈めた。

ぷっしゅぅ……。

おまん所から湯気があがって、肉頭が圧迫された。

「んんん……。あったかいんだからぁ～」

あまりの気持ち良さに、男の癖に、蕩《とろ》けるような声をあげてしまった。

「いやぁ～ん。私のまんちょん、温泉じゃない」

安奈が背中を伸ばして、喩《たと》えが悪いと、不平を言っている。けれど彼女も心地《ここち》よさは、満更ではなさそうだ。

同じく、四つん這いのポーズをしたままの陽子が、羨ましそうに見ている。

見ながら、股の谷底に手を伸ばして、秘園を弄《いじ》っているのが、ご愛嬌《あいきょう》だ。他にすることがないのだから、そこを弄りながら、待っているしかないだろう。

「どうせなら、小栗も入れて、4Pにすればよかったな。そしたら、数なんか数えなくても、平等にできた」

雅彦も、いまとなっては、小栗が一緒にやっても、異存がなかった。

みんなで「輪になってやろうっ」って気分だ。

「だめよ、だめだめっ。小栗君ね、いま大変なの」

陽子がクリトリスを捏《こ》ねくり回しながら、切ない表情をしている。

「どう、大変なんだ？」

雅彦は、会話の間に、腰を三回振っていた。抜き挿しの数をごまかした。

落語の時蕎麦《ときそば》ならぬ、時まんだ。

陽子は気づいていない。安奈は挿入されているのだから、当然、擦られているのを知っているのだが、何も言わない。女同士、結束しているわけではないようだ。

「安奈ちゃんの後輩と出来ちゃったのよ」

「やれたんなら、いいじゃんっ」

「やったのはいいけど、コンドームに穴が開いていて、出来ちゃったのっ。で、結婚迫られているんだって」

雅彦には思い当たる節があった。ゴムに穴を開けたのは、自分だった。

(黙っていようっ)

「そうなんだ。あいつも、ここらで、年貢の納め時ってことで、いいんじゃない」

無責任にそう言った。

(もはや知ったこっちゃない)

安奈の膣路が、どんどん締まってきて、脳が淫気に満たされていく。もう他のことなんて考えられなくなってきた。

「あっ、ずるーい。雅彦君、もう十往復ぐらいしているでしょっ。あと四十だからね。五十で交代。お互い五十ずつ、十交代っ」

陽子は口から泡を飛ばしていた。

振り向いた安奈は、膣路《ちつろ》を窄《すぼ》めて、もう、いくまで離したくないといった顔をした。

「姉さん、なんで、五十擦り×十回《かける》ずつに拘るんですか？」

今度は安奈が問い詰めた。

「男の人は、千擦《せんず》りっていうじゃない。そのぐらいで出ちゃうんだから、ちゃんと割り勘しないと。五百擦りずつ……」

「こまかぁ～」

雅彦は叫んだ。交通費の精算じゃない。

「だって、私、経理だものっ」

雅彦としては、この歳上のお局《つぼね》が、少しうざくなった。

陽子の尻の谷間を見ると、ぐちゅぐちゅの沼地の上に、渦巻き状の窄まりが見えた。地図記号でいう変電所マークに似た窄まり。

指を舐めた。一度雅彦に〈後ろ窄まり〉に挿入されたことがある安奈は、好奇に満ちた目をした。その目が『やっちゃいなっ』と言っている。

女同士はわからない。みんな腹黒い。

やっちゃうことにした。

「じゃぁ、陽子さん、いまが十回目ってことでいいです。先を数えてください」

そんなことを言って、陽子の気をそらした。

「はい、じゃぁ十一っ、あぁあ、そんなに根元まで入れるんだぁ」

カウントダウンと共に、肉茎を沈めると、陽子は目を見張った。

ちなみに安奈は、背筋を張っている。

「では、復路です」

いいながら、雅彦は尻を持ち上げた。鰓《えら》でずいずいと膣壁を抉《えぐ》る。

「あぁ～」

安奈が歓喜の声を上げる。

「いいわねぇ～、安奈ちゃんっ。私も見ているだけで、感じちゃう」

陽子は尻を高々と掲げたまま、首を大きく曲げて、雅彦と安奈の肉が繋《つな》がっている接点を凝視してきた。

「陽子さんも気持ち良くしてあげます」

雅彦は、すーっと小指を伸ばした。尻の割れ目の真ん中らへん。

クルクルクルっとなった渦巻きみたいな穴を、ちゅんっ、と押した。

「ふわっ」

陽子の窄まりが、急に硬くなった。

「いやっ、そこの穴は、処女っ」

「だったら、僕がいただきっ」

小指に力を込めた。そのまま押した。ずるっ、と小指の第一関節まで入った。

「だ、だめぇ～ん。いつもと違う方の穴を擦られたら、私、変な気持ちになっちゃうよ」

武田陽子が突然情けない声をあげた。

ちょっと生意気な女は、お仕置きに、アナルを弄ってやるのがいいと思う。安奈や陽子のような百戦錬磨のエロ上手でも、アナルを擽《くすぐ》ると、とても従順になった。

「あんっ、あんっ、うはっ」

それほど深く挿し込まず、小指の第一関節を曲げたり、伸ばしたりして、くにゅくにゅしてやった。

「いやぁ～ん。へんてこりん。天地が逆さまになっちゃう感じよ」

陽子が虚《うつ》ろな視線をあちこちに這わせて、額に汗を浮かべている。しばらく、この穴をほじくっていれば、文句は言うまい。

すこしずつ尻路が柔らかくなってきたので、今度は小指を輪のように回転させた。

夜空からサーチライトで街中を照らすように、クルンクルン指を回す。

「いや、いやっ、身体が反転しちゃうっ」

目を細め、唇を嚙《か》みしめた陽子が、尻の中で回転させる指と同じように、首を振った。扇風機のような動きだ。

「もう、なんか、これ、癖になっちゃう……」

「じゃぁ、陽子さんは、今日はこっちで楽しんでください。ピストンは、安奈さんてことで」

「えっ、くぅぅう。そんなのいや、でも、この指もはなさないでっ」

陽子は、自分でもどうしたらよいのか、わからないという感じで、初体験のアナルの指挿入を楽しんでいた。

「それでは、お待たせしました。大律動しますっ」

安奈にひと声かけた。

「ぁあぁんっ。早く動かしてっ」

安奈は猫のように尻を高く上げて、頭を床につけた。屈服のポーズだった。

男根を猛烈な速度で、入れたり出したりした。

ずんちゅっ、ぬんちゃっ。安奈の細い膣穴に太い男根を行き来させる。

「うわぁあ。いいっ。陽子姉さんの、喘《あえ》ぎ声を聞きながら、出し入れされていると、私が指を入れている気にもなる」

安奈はどこまでも両刀使いだった。

雅彦自体も、もはや切羽詰《せっぱつ》まって来たので、とにかく先を急いだ。鰓で抉るように、膣襞《ひだ》を摩擦した。

一気にフィニッシュへと持ち込むべく、Gスポットを亀頭で突いた。

「うわっ。そこっ、いきなりは……」

膣の浅瀬で扁桃腺《へんとうせん》のように垂れさがっているポイントを、剛直でぐいぐい、押した。下品な攻め方だと思うが、あまり時間をかけている余裕がなかったので、ここはやむを得ない。

「早く、ギンギンハウスに戻らないと、おかしく思われるし、この部屋に、宣伝部の連中が戻って来ないとも限らない」

雅彦も汗まみれになっていた。もう体力的にも残されている時間は少なかった。

「でも、そこ集中されたら、いくのと一緒に、噴き上げちゃうよ」

安奈が照れ笑いをした。

(なんて、可愛《かわい》らしい笑顔なんだ)

この照れ笑いを見たらもうたまらなかった。

一気に噴き上げさせてしまいたいっ。

男根をマシンガンのように突き動かした。もちろんGスポットめがけての高速ストロークだ。

ババッバババババキューン。

「うわぁああ、そんな無茶なっ」

安奈が背中を反《そ》り返した。折れそうなほどに反っている。

口からは泡を噴き上げていた。

(下の穴も泡まみれにさせちゃえっ)

ババッバババババ、バキューン、もう一発、バキューン。腫《は》れ粘膜を狙い撃ちした。

「うわぁああああ。うそっ、こんなの反則だよっ、わあぁっぁああ、もう出ちゃうじゃないっ」

安奈の膣路が、ちゃぷちゃぷと音を鳴らし始めた。

「お、俺も、出ちゃう」

切っ先から精汁が飛び始めていた。

狭い膣路の中央で、下からこみ上げてくる、潮の大軍と、鉄砲水のような、精汁が、ぶつかり合った。

(潮と精子、どっちが勝つか！　勝負だっ)

雅彦は最後の一撃を食らわせた。

「安奈さんも、陽子さんも、本当に、澄ちゃんの件、協力してくれるんでしょうねぇ」

出す前に、一応確認しておきたかった。精汁の出し惜しみだ。

「まかせといて。明日ボードを教えることになっているから、そこで、雅彦のこと、売り込むっ。ってか、あぁあああ、私漏れちゃう、撒《ま》いちゃうよぉ」

クジラ?

そんな勢いだった。雅彦が放った精汁が押し返されてきた。

びゅんっ。亀頭ごと、押し出されてきたっ。びゅーん。ざざざ、ざーっ。

白と金のエクスタシー。そう言えばよいのだろうか。

亀頭がコルク栓のように抜けて、最初に飛んできたのは、白い粘液。これは雅彦の精子だった。その後が凄かった。金色のシャンパン・ファイト。怒濤《どとう》のような潮が吹きあがった。

「いやぁああ、恥ずかしすぎるよぉ」

安奈は涙目になっていた。

「安奈ちゃんの、お潮、私のお尻の穴の中まで、入って来てるわよっ」

陽子が、尻を振っていた。

濡れて指が動かしやすくなっていた。

雅彦は、亀頭を外気にさらしたまま、精汁を垂らしていた。その汁も、陽子の尻穴へ落ちていった。

「陽子さんのお尻の穴、潮と精汁で、ぐっちゃ、ぐちゃですが」

指で掻《か》き回した。新種のカクテルを考案した思いだ。

「飯島君。凄く、気持ちいいの。私、お尻フェチになっちゃいそう……」

この先輩は、自分の手に負えそうもない。

なんとか小栗に押し付けることにしよう。

3

七里ヶ浜の沖合に出ていた。雅彦はボートを漕《こ》いでいた。蟹股《がにまた》になって、オールをグルングルンと、回していた。

その蟹股の間《あいだ》。海水パンツを下ろされて、露見した肉勃起を、武田陽子に手扱《てこ》きされていた。

「安奈ちゃんが、澄ちゃんをセットアップしたら、すぐに、突撃しなきゃならないからね。私が勃たせておくから」

しゅっ、しゅっ、しゅっ、と手筒で擦られる。

「マジ、そんなこと可能なんですか？」

半信半疑で、聞いた。

「私と安奈ちゃんの両方の、直感。澄ちゃんは、飯島君に、落ちるっ」

陽子が自信ありげに言っている。

「何を根拠に言っているんですか？　あっ、そんなに裏側を親指で、擦らないでっ。早すぎます」

先走り汁で、ヌルヌルしている亀頭裏を、擦られたら、気持ち良すぎて、三擦《みこす》り半ぐらいで射精してしまう。

「恋愛に根拠なんかないわよ。だから根拠のない不安を持つより、根拠のない自信を持ちなさいよ。私と安奈ちゃんは、この考え方で一致したの」

とんでもない考えの持ち主が、ふたりくっついたら、妙なパワーが生まれそうだ。

たしかに、根拠はないのだが、このふたりのエロパワーは、何かを変えてくれそうだ。

「スケベは、すべてに勝つっ」

陽子が青空を衝《つ》いている勃起に、唇を寄せてきた。じゅるりと舐めあげられた。

「信じることにしますっ」

雅彦はうっとりと瞳を閉じた。

安奈はパドリングをしながら、サーフボードを進めていた。

すぐ横を星野澄子が進んでいる。

今朝、初めてビキニを着たという。正確に言えば安奈が、葉山の馴染《なじ》みの水着ショップに連れて行き、むりやり着せたのだ。

黄色のブラとブルーのパンツ。目の覚めるようなカラーバランスだった。澄子はとても恥ずかしがった。

狭いブラカップから溢《こぼ》れそうなほどの乳房を、どうにか入れこんで、これまた面積の少ないビキニパンツを腰骨のあたりで、紐で結んであげた。

さすがに、陰毛は剃《そ》ってきたようで、ハイレグもフィットしていた。ビキニパンツの上縁のちょっと上、臍《へそ》のちょっと下、澄子はそこにホクロがあった。

小豆《あずき》色のホクロ。クリトリスに見えなくもない。いや、この錯覚は、自分がLの気も持ち合わせているからかもしれない。

じっと見た。ホクロが、勃起してくるような気がしたが、そんなことはなかった。

『安奈さんっ、そんなに見ないでくださいっ。これを見られるのがいやで、ビキニ、着なかったんですから』

試着室を出るなり、澄子は顔をそむけた。

『へぇ〜』

安奈は、ヤンキー座りをしていた。

目の前にホクロがある位置に座っていた。

(エロい。このホクロ、エロい)

見ていたら、自分が濡れてきた。

安奈は、抜き打ち気味に、そのホクロを、押してみた。ちょんっ。

『うわっ。あぁあんっ。何するんですかっ』

澄子がその場に、しゃがみ込んだ。

(わかった。このホクロ、性感帯だ)

恥ずかしがる理由をすべて理解した。

いまも澄子は、すぐ横でボードに腹這いになって、波を搔き分けているが、微妙に腰を揺すっている。

つまり、ボードにホクロを擦りつけて、気持ち良くなっているのだ。

そういうことだと思う。

（ついでに、クリトリスも擦っているみたい……）

女には女がわかる。あの腰つき、時々ボードの縁を、股で挟んでいる。

角押しの、クリ擦りだ。

ということは、星野澄子は、とてもいい女なのだ。安奈はそう結論付けた。

（オナニーをする女に、悪い女はいないっ）

それが持論だった。

安奈は、サーフボードのプロになりたがる女子の才能を、オナニーしているかどうかで判断している。

海の中で自慰をするのが好きな子が、プロのサーファーになれるのだ。

おおきな波を、堂々と股のまん中で挟める子こそ、プロになれるからだ。波の圧迫ぐらい、気持ちのいいものはない。

ちなみにプールの中で、自慰をするのが好きな子は、シンクロに進むと、成功するのじゃないかと、思う。あの格好、股にいろんなものがぶつかるだろう。

それって。とても気持ちいいと思う。

どちらも根拠ゼロの持論だった。

「ねぇ、いま、彼氏、いないんだよね」

声をかけた。浅瀬からだいぶ進んだが、まだ立ち泳ぎで、多少足裏が付く程度の位置だった。

初心者に教えるには、この辺までだ。沖の方で、ボートの上で、空を仰いでいる雅彦の上半身が見えた。

一緒に乗っているはずの陽子の姿が見えない。

(姉さん、腹這いになって、フェラチオ？ 仕掛け、早すぎでしょっ)

先に一回抜いてしまって、あとで合体が失敗するようなことにならなければ良いのだが。安奈は心配しながら、自分の仕掛けも急ぐことにした。

「男なんて、いませんけど」

澄子が額に落ちた濡れた髪を掻き上げながら、笑った。

「飯島雅彦って、どう思う?」

「えっ？」

澄子がボードから滑り落ちそうになった。

好きな男子の名前を言われて、明らかに動揺した、って感じだ。

感触、大あり。

動揺して、身体がびくついたから、股の間を思い切りボードの縁に打っていた。

澄子を見つめると、しかめ面だったが、瞳はトロンとしていた。

（クリトリス、角にぶつけて、痛かったが、快感でもあった。そんな顔だぞっ）

そう判断したが、そこには触れず、安奈は話を進めた。

「私たちから見れば、彼は歳下《としした》で、ちょっと、おっちょこちょいな感じがあるけど、根っこはとてもいい男なんだと思う」

「仕事場であるアンテナショップで、夜中にセックスしている人が、いい人なんですか？」

「いい人じゃない。セックスしないやつの方が気持ち悪いよ」

正論を言ってやった。

「いや、職場ではダメでしょ」

やけに硬い。雅彦が嵌《は》めていた元カノへの嫉妬をありありと感じる。

「そんなこと言ったら、私ら、プロサーファーは仕事場である、海の中ではセックス出来ないってことね」

安奈は肩をすくめてみせた。

「あの、そんなこと、やるんですか？」

澄子はあきれ顔になっていた。

「サーファー同士。ここらの海の中で、がっつん、がっつん、やっていますが」

「……」

返事はなかった。話題を変えることにした。昨日陽子と考えたプランB作戦で行くことにする。

「女には、興味ない？」

「はぁ？」

円い瞳をさらに丸くしている。きょとんとした表情だ。

「いや、彼氏いないし、男と女がセックスしている場面みて、怒っているなんて、ひょっとしたら澄ちゃん、こっち？」

安奈は指でLのマークをつくって見せた。

「いいえ。とんでもありません。私、そんな経験ありませんからっ」

「そうなの……確認したいなぁ」

安奈は自分のボードから降りて、立ち泳ぎしながら、澄子のボードへと近寄った。

海の上では、自分は自由自在に動き回れる。一方澄子は、百メートル泳げる程度だという。どうにでも捌《さば》けそうだった。

「安奈さん、何するんですかっ」

澄子の臀部《でんぶ》を、撫《な》でまわすと、彼女は一気にうろたえた。

しかし、張りのあるいい尻だった。

「この脇の紐、取っちゃっていい？」

あえて紐には触れず、尻を撫でまわしながら、そう聞いた。

「だめですっ。なんでそんなこと聞くんですか？」

「澄ちゃんのこと、やっちゃいたいから」

腹這いになっている澄子のフロント部分に手をこじ入れた。

「ダメですぅううう、あっ、んはっ」

ホクロを触ってあげた。やさしく、額にクリームを塗る時のように、指を回転させながら、撫でてあげた。

「あんっ、ふはっ、いやっ」

「雅彦君が、元カノとやった夜。あれ、むりやりやられたらしいよ。彼女の方が、いきなり抱きついてきたんだって。あの麻里子って子ねぇ、どうしようもない淫乱な子でさ、小栗君のこともむりやりやっちゃって、それで、雅彦君、堪忍袋の緒が切れて、別れちゃったんだってさ」

真実だが、多少アングルを変えて伝えることにした。

「だからといって、挿し込んじゃうって、ありえないですって」

澄子のような可憐《かれん》な顔をした年下女子から「挿し込んじゃうなんて」などと言う生々しい言葉を聞くとは思っていなかった。

正直、ぐっときた。自分のチームのサーファーの後輩にはこれほど純な子はいない。安奈は、手をさらに下におろした。ホクロの下、二センチ。ビキニの上縁だった。そこから人差し指をちょっとだけ潜り込ませる。

「あの……安奈さん、そこは……」

澄子が全身を強張《こわば》らせた。

「ちょっと、だけ……」

指先に毛の感触。だいぶ短く刈られているようで、チクチクした。

指を尺取虫みたいに這わせて、さらに下方に向けた。クリトリスまで、あと一ミリ。女陰全体の湿った感触と、噎《む》せ返るような匂いが立ち上ってきている。

「いやっ、そんなところ、女の人がさわったら、絶対にダメです」

泣きそうな顔になっている。

「男だったら、平気なの？」

「……」

澄子は答えなかった。

「いまさ、雅彦君ならいいかなって思っているでしょう？」

かすかに頷《うなず》いた。雅彦の置かれた状況が幾分理解出来て、心が溶けたようだ。

「でも。私が好きになっても、無理かもしれません」

澄子は俯《うつむ》いた。何かを言いたそうだが、ためらっている様子だ。ためらっている割には、顔が真っ赤だ。

安奈の指は、ビキニの中に入ったままだった。

（おやっ？）

人差し指の尖端《せんたん》に、突起が当たったようだ。ぷちゅ、と尖った肉根が当たっている。

（私、神に誓って、指を伸ばしていないいっ）

ということは……。

クリトリスの方が、くいっ、と伸びてきた。

（うそっ）

今度は安奈の方が卒倒しそうになった。

「あんっ、いやだぁ、安奈さんっ」

「違う、違う、私、毛までしか指伸ばしていないっ」

「あぁああ、実は、私、会社の給湯室でオナニーしているところ、飯島先輩にみられちゃったんです」

「職場で、エロいことしてんじゃんっ」

「セックスはしてませんっ。シンクの角に、ちょっと押し付けただけです」

「あのね、給湯室で角まんしている方が、エロいってば」

ビンタを食らわしたくなったが、代わりに、クリトリスをグリグリっと捏ねまわしてやった。

「あぁああ、いっちゃいますっ」

「で、話、戻すけど、じゃぁ、雅彦がOKだったら、澄ちゃんはいいのね」

クリトリスを捏ねるだけでは、気が収まらなかったので、人差し指を、さらに三センチほど伸ばして、淫穴に、ズボっと、挿入してやった。

「どうなのっ」

「お◎△こ。気持ちいいですっ」

「そうじゃなくて、雅彦のこと」

「好きです……。ううう」

なんだか、癪《しゃく》に障《さわ》って、ズボズボと指を抽送してやった。

「ぁあ、いっちゃいます」

いっちゃえっ。純情娘っ。


青空に浮かぶ楕円形の雲の真ん中が、何故《なぜ》だか空洞になっていた。

（女のシンボルに見える）

まるで、空を飛ぶ、おま×こ……。雅彦にはそう見えた。

武田陽子にしゃぶられて、ギンギンに硬くなった男根が、その雲の真ん中の空洞に向かっている。

昔、地面に肉茎を擦ったことがあるが、空とやるのは初めてだ。

腰を突き上げた。ぐんっ。雲がパカッと割れた。

「あっ、出るっ」

そう叫んだ時だった。

「飯島君、澄ちゃん、ＯＫだって。私の役目、終わりっ」

陽子が手扱きを、いきなり止めた。

「えっ、出したいっ」

恋よりも、金よりも、名誉よりも、出したいときに射精したいのが、男というものだ。

「止まらないっ。精子は急に止まらないって」

「でも、ごめんね。もう、澄ちゃん、そこまで来ているから、私は消える」

陽子が海に飛び込んだ。支えを失っても、男根はそそり立ち、切っ先からは白い汁が、ビュンビュン噴き上がっている。

雲の裂け目までは到底届かなかったが、全部出てしまいそうだった。

「はぅうう」

真夏の湘南、七里ヶ浜。青空に浮かぶ雲の裂け目に向かって射精。

まさに、青春エロコメそのものだった。

（純愛ラブストーリーよりも、俺には青春エロコメの方があっている）

ということは、澄ちゃんとは……。

（ムリだろう）

せっかく来てくれても、今度は射精中を見られることになる。

(最終回っ)

胸底でそう叫んでいた時だった。

「飯島先輩っ」

海からいきなり星野澄子が這い上がってきて、ボートに乗り込んできた。

ずぶ濡れ。

大量に吸い込んだ海水の重みで、ビキニの上下が、ずり落ちそうになっていた。

(エロ過ぎる……)

臍の下の小豆色のホクロが、悩ましかった。

「ごめん、俺、こんなありさまで……。ち×こだして、カッコわるいよなぁ」

澄子に棹も金玉も見つめられた。

射精したばかりなので、だらしなく、萎《しぼ》みかけている。皺《しわ》玉もだら〜んと垂れていた。男として最低の姿だった。

「そんな飯島先輩が好きですっ」

澄子が犬のようにぶるぶるっと身体を震わせて、滴《しずく》を飛ばした。

濡れた髪の毛が、振り乱れて、ワイルドな感じになっている。

（な、なんなんだ。この都合の良すぎるエンディングは……）

雅彦は口を大きく開けた。間抜け犬のように、涎《よだれ》を垂らした口を開け、逆光に映える星野澄子のビキニ姿を見つめた。ただひたすら見つめた。

澄子が両手を後ろに回して、ブラの紐をほどいている。

前かがみになって、身体を揺すりながら、ブラを取っている。その仕草を見ていただけで、亀頭の先が、カチンと固まった。

（いけるかも……）

射精直後で復活不可能と思われていた男根が、勢力を取り戻し始めている。

「澄ちゃんっ」

「飯島先輩っ」

最終回でようやく結ばれる月曜九時のドラマのカップルみたいに、互いの名を呼び合った。

テレビのトレンディドラマと違ったのは、ヒロインがブラを取ったことだ。

グラビアアイドル張りの巨乳を包んでいたブラが外れると、幅の広い乳暈《にゅううん》とポッチプコーンぐらいの大きさの乳首が現われた。

（澄ちゃんの、乳首っ）

一気に肉茎に芯が通った。仰向《あおむ》けに寝ていた身体の半身を起した。

惜しげもなく乳房を披露した澄子が、今度は少しだけ、斜めに向いた。雅彦の方に腰骨を見せている。

ビキニパンツの紐に触れた。

(うわぁあああ)

雅彦の脳内は歓喜と熱狂に包まれた。

「解《ほど》きます……」

澄子が、ちょっとはにかんで、微《かす》かに震える指で、ビキニパンツの紐をほどいた。右側の紐だった。軽く引っ張ると、するりと抜けて、フロントの部分がはらりと前に倒れた。

真横からでも陰毛が見えた。風にそよいでいる。

澄子が、クルリと正面を向いた。真っ裸の澄子は、バストを手で覆っていた。

なぜだか、おまんちょんは、隠していなかった。

「恥ずかしいっ」

そういって、こちらに向かって歩み寄ってくる。

「女の子の大事なところ、恥ずかしいから、隠しちゃう」

（えっ、そんな隠し方ってあり?）

澄子は、雅彦に対して正面から、跨《またが》ってきた。

勃起した肉根の上にまんちょんを置いたかとおもったら、すぐに、大きな尻を下ろしてきた。

じゅぶじゅぶじゅぶじゅぶじゅぶ。

「あぁあぁ。これで、飯島先輩のおち×ちんも、隠しました」

そういうことでもあるが……。

胸も押し付けてきた。雅彦の薄い胸板に、ボヨンと澄子のバレーボール級の乳房があたる。

「いいっ」

雅彦は胸板を擦りつけた。真ん中で、ボールがボヨンボヨンと弾んでいる。乳首が雅彦の乳首にあたって、それも気持ちいい。

「おっぱい、揺すられると、穴も擦れますっ。んんっ」

言葉を交わすとか、見つめ合うとかいうことが全部省略されて、一気に互いの淫処を擦り合わせることになってしまった。

ぴっちりと肉棹を柔らかい膣肉に包まれた。澄子の呼吸のように、収縮している。

気持ちがよかった。いつまでもこの中に、棹を埋め続けていたいものだ。

「これから、よろしく頼む」

雅彦は亀頭を震わせて、挨拶をした。

「こちらこそ、末永く、よろしくお願いします」

澄子は肉層をぎゅっ、と締めてきた。

やっぱり青春ラブコメは、言葉より、まずは、やっちゃうことなのだと、いまさらながらに気づいた。

ずいぶん、遠回りした結合だったけれど、ようやくたどり着いた、澄子のエッチの穴は、とても居心地がよかった。

ずんちゅ、ずんちゅ。

騎乗位で跨《またが》る澄子の肉層に、突き上げるようなピストンを打つ。澄子の顔が喜悦に歪む。女の発情を感じると、さらに燃えるのが男だ。

雅彦は、一気にピッチを速めた。

ずん、ずん、ずん。睾丸を激しく揺らしながら、突き上げた。

「あぁああん。そんなにすぐに動かさないで」

「ずっと、入れたかったんだから、じっくりなんて、大人《おとな》みたいなこと言えないよ」

「はんっ。すっごく、いいっ」

澄子が目の下を紅《あか》く染めていた。清純に見えていたはずの顔が、とてもいやらしくなっていた。

女子は、このぐらいスケべっぽいほうが、安心できる。男心ってそういうものだ。

「あぁっぁあ。もうラストスパート？」

「そう。でも、まだ、何回でもできる」

澄子と肉を繋げたまま、激しく腰を打ちつけ合った。

ボートはそのまま、葉山方面へと流れている。

海に浮かぶサーファーたちの姿が、次第に遠ざかって行った。

浜辺に浮かぶアドバルーンがやけにはっきり見えた。

《ギンギンハウスで、ビンビンになっちまおうぜ!!》

なっています。

「大好きだよ」

雅彦は澄ちゃんに、唇を重ねた。

００７のエンディングテーマが流れてきそうな、空と太陽と海だった。

＊

「みなさん、風船のある位置でお待ちください」

雅彦は、浜辺に列をなす客たちにソーシャルディスタンスを求めた。二メートル間隔でラインの代わりに風船を置いてある。

二〇二〇年、夏。

今年も南銀座麦酒はどうにか『ギンギンハウス』のオープンにこぎつけたが、去年までとはずいぶん違った販売方法となった。

ボンネットトラックによる販売のみだ。ただしメニューにワインも加えた。

「新商品の『恋人も濡れる赤ワイン』はいかがですか」

オープンキッチンの付いたトラックの横で澄子も声を張り上げていた。

ビキニウエイトレスもマスクをしている。パンツとブラとお揃いのマスクだ。確かにマスクがやけにエロく見える。

雅彦と澄子にとって六回目の夏となった。

去年までとは、かなり違う夏になった。

三密を避ける新しい生活様式が推奨されている。

密閉、密集、密接はいけないのだ。濃厚接触なんて絶対NGだそうだ。

雅彦と澄子は順調だ。濃厚接触を避けるために、セックスは、基本的に立ちバックで接合点だけを摩擦し合うようにしている。おっぱいモミモミやベロチューは、秋以降の楽しみにしている。

そのぶん、オンライン・エッチをはじめた。

オンラインだと複数プレイも密にならないし、不思議と誰も嫉妬を抱かないのだ。

京都の麻里子も。葉山の安奈さんも、会社の陽子さんや小栗も参加している。

名付けてアベノセックス。そう長くは続くまい。

「ずっとこの状態が続くのかしら？　五年前が懐かしいわ」

客足が途切れたところで、ふと澄子が言った。照りつける太陽の威力は五年前からずっと変っていない。

「いや、あの太陽がすべて元に戻してくれるさ」

STAY　HOMEなんて一時しのぎだ。GO　TO　OUT。人間の本能は常に外に向かっている。

「だよね」

一陣の風が吹き抜け、澄子の黒髪を様々に変化させた。
今夜ぐらいから澄子とのセックスも、正常位と騎乗位を復活させよう。
それも青姦。ゴムボートの上がいい。
ぼちぼち、すべてを半年前に戻す頃合いだ。
雅彦は、そう決めた。

本書は、二〇一五年七月に廣済堂文庫から刊行された『キミがビキニの紐を解いたなら…』を改題し、加筆修正したものです。

本作品はフィクションであり、登場する人物、団体、組織その他は実在のものと一切関係ありません。

（編集部）

実業之日本社文庫　最新刊

青柳碧人
彩菊あやかし算法帖　からくり寺の怪
キュートな彩菊が、妖怪が起こす事件を得意の算法で解決！『むかしむかしあるところに、死体がありました。』著者が贈る、新感覚時代×数学ミステリー！
あ16 2

阿川大樹
終電の神様　台風の夜に
ターミナルの駅員、当直明けの外科医、結婚式を予定しているカップル――台風で鉄道が止まる一夜、それぞれの運命が動き出す。感動のベストセラー新作！
あ13 3

秋吉理香子
婚活中毒
この人となら――と思った瞬間、あなたは既に騙されている！　人生はどんでん返しの連続。幸福を願うすべての人へ贈る婚活ミステリー。（解説・大矢博子）
あ23 1

安生 正
襲撃犯
碓氷峠で自衛隊の運搬車が襲撃された。自衛官惨殺、プルトニウム燃料強奪。鮮やかな手口だ。自衛隊崩壊の危機に、不器用な男たちが、愚直に真実を追う！
あ24 1

井川香四郎
桃太郎姫　望郷はるか
偽金騒動を通じて出会った町娘・桃香に、商家の若旦那がひと目惚れ。その正体が綾歌藩の若君（!?）と知らない彼は……人気シリーズ、待望の最新作！
い10 7

大林宣彦
ぼくの映画人生
映画とともに生き、道なき道を切り開いてきた著者が、七十歳を機にその半生と映画論を語った感動の自伝。すべての人の背中を押す勇気の書。（解説・赤川次郎）
お10 1

沢里裕二
湘南桃色ハニー
ビールメーカーの飯島は、恋人を寝取られたことをきっかけに己の欲望に素直になり……。ビーチで絡み合う水着と身体が眩しい、真夏のエンタメ官能コメディ！
さ3 11

実業之日本社文庫　最新刊

中島 要
御徒の女
大地震、疫病、維新……苦労続きの人生だけどたくましく生きる、下級武士の〝おたふく娘〟の痛快な一代記。今こそ読みたい傑作人情小説。（解説・青木千恵）
な81

西川美和
映画にまつわるXについて2
小説と脚本の違い。子役との撮影。主演俳優の自意識──大ヒット作『永い言い訳』公開までの苦闘の五年間を濃密な筆致で綴る、人気映画監督のエッセイ集！
に42

葉月奏太
盗撮コネクション　復讐代行屋・矢島香澄
洋品店の中年店主は、借金返済のためとそそのかされ、盗撮を行う。店主の妻は盗撮され、脅される。店主は自殺を決意し……。どんでん返し超官能サスペンス！
は69

南 英男
脅迫　強請屋稼業
新空港の利権にからみ、日本進出をもくろむアメリカ企業がスキャンダルをネタにゆさぶりをかける。敵対会社の調査を依頼された見城豪に迫る罠とは!?
み716

睦月影郎
みだら女剣士
女子大剣道部の合宿の手伝いをすることになった治郎。そこに幕末に死んだ女剣士の霊が現れ、次々と部員に取り憑き欲求を満たしていく。爽快スポーツ官能！
む213

木宮条太郎
水族館ガール7
出産後、母親が病気にかかったイルカ親子は別々のプールに。離れ離れの親子を対面させるため由香が思いついたアイディアは……超感動いきもの小説！
も47

吉田雄亮
雷神　草同心江戸鏡
穏やかな空模様の浅草の町になぜか連夜雷鳴が響く。雷門の雷神像が抜けだしたとの騒ぎの裏に黒い陰謀の匂いが……人情熱き草同心が江戸の正義を守る！
よ56

実業之日本社文庫　好評既刊

沢里裕二
処女刑事　歌舞伎町淫脈
純情美人刑事が歌舞伎町の巨悪に挑む。カラダを張った囮捜査で大ピンチ!! 団鬼六賞作家が描くハードボイルド・エロスの決定版。
さ3 1

沢里裕二
処女刑事　六本木vs歌舞伎町
現場で快感!? 危険な媚薬を捜査すると、半グレ集団、芸能事務所、大手企業へと事件がつながり、大抗争に！　大人気警察官能小説第2弾！
さ3 2

沢里裕二
処女刑事　大阪バイブレーション
急増する外国人売春婦と、謎のペンライト。純情ミニパトガールが事件に巻き込まれる。性活安全課は真実を探り、巨悪に挑む。警察官能小説の大本命！
さ3 3

沢里裕二
処女刑事　横浜セクシーゾーン
カジノ法案成立により、利権の奪い合いが激しい横浜。性活安全課の真木洋子らは集団売春が行われるという花火大会へ。シリーズ最高のスリルと興奮！
さ3 4

沢里裕二
処女刑事　札幌ピンクアウト
カメラマン指原茉莉が攫われた。芸能プロ、婚活会社、半グレ集団、ラーメン屋の白人店員……事件はつながっていく。ダントツ人気の警察官能小説、札幌上陸！
さ3 6

実業之日本社文庫　好評既刊

実業之日本社文庫 さ311

湘南《しょうなん》桃色《ももいろ》ハニー

2020年8月15日　初版第1刷発行

著　者　沢里裕二《さわさとゆうじ》

発行者　岩野裕一
発行所　株式会社実業之日本社
〒107-0062　東京都港区南青山5-4-30
CoSTUME NATIONAL Aoyama Complex 2F
電話［編集］03(6809)0473［販売］03(6809)0495
ホームページ　https://www.j-n.co.jp/
DTP　ラッシュ
印刷所　大日本印刷株式会社
製本所　大日本印刷株式会社

フォーマットデザイン　鈴木正道(Suzuki Design)

ISBN978-4-408-55608-6（第二文芸）